〖中华诗词存稿·名家专辑〗
中华诗词学会 编

刘征诗词

三十年自选集

刘征 著

中国书籍出版社
China Book Press

图书在版编目（CIP）数据

刘征诗词：三十年自选集 / 刘征著 . -- 北京：中国书籍出版社，2019.11
（中华诗词存稿）
ISBN 978-7-5068-7404-5

Ⅰ.①刘… Ⅱ.①刘… Ⅲ.①诗词—作品集—中国—当代 Ⅳ.① I227

中国版本图书馆 CIP 数据核字 (2019) 第 186024 号

刘征诗词：三十年自选集

刘征 著

责任编辑	毕磊
责任印制	孙马飞　马 芝
封面设计	采薇阁
出版发行	中国书籍出版社
地　　址	北京市丰台区三路居路 97 号（邮编：100073）
电　　话	（010）52257143（总编室）（010）52257140（发行部）
电子邮箱	eo@chinabp.com.cn
经　　销	全国新华书店
印　　刷	北京虎彩文化传播有限公司
开　　本	710 毫米 ×1000 毫米 1/16
字　　数	280 千字
印　　张	24
版　　次	2019 年 11 月第 1 版　2019 年 11 月第 1 次印刷
书　　号	ISBN 978-7-5068-7404-5
定　　价	368.00 元

版权所有　翻印必究

《中华诗词存稿》编委会名单

顾　　问： 郑欣淼　郑伯农　刘　征　沈　鹏
　　　　　　葉嘉莹

编　　委：（按姓氏笔画排序）
　　　　　　丁国成　王　强　王改正　王德虎
　　　　　　刘庆霖　吕梁松　李一信　李文朝
　　　　　　李树喜　陈文玲　张桂兴　范诗银
　　　　　　欧阳鹤　杨金亭　林　峰　罗　辉
　　　　　　周兴俊　周笃文　宣奉华　赵永生
　　　　　　赵京战　钱志熙　晨　崧　梁　东
　　　　　　雍文华

主　　任： 范诗银

副 主 任： 林　峰　刘庆霖

执行主编： 吕梁松　王　强　李伟成

秘　　书： 李葆国

作者简介

刘征，本名刘国正，曾任华夏诗词奖评委会顾问。1926年生。曾任人民教育出版社编辑室主任、副总编辑等职。1990年离休。现任人民教育出版社咨询委员，中华诗词学会名誉会长，中华诗词杂志名誉主编等职。半个世纪从事中学语文教材编辑工作，参加领导编写教材约百册。已出版各种文学专著三十多种，其中诗词集五种，都收在五卷本《刘征文集》里，并有《刘征诗书画》《刘征诗词——三十年自选集》问世。

总　序

　　我们这个诗歌大国有一个很好的传统，历来注重"采诗"、搜集整理诗歌材料。作为唯一的全国性诗词组织的中华诗词学会，自1987年5月成立以来，就十分重视这项工作。学会每年的学术研讨会和历届"华夏诗词奖"，都出版论文集和获奖作品集。纪念学会成立二十年、三十年时，还专门编辑出版了《大事记》《论文选集》《诗词选集》。《中华诗词》创刊以来，每年都制作年度合订本。2007年5月，在北京天识东方文化艺术传播有限公司的资助下，以近代以来诗词创作、诗词理论、诗词运动重要文献汇编，当代名家个人作品专集等为主要内容，出版了《中华诗词文库》。经过十来年的编辑整理，已经出了近百卷。这些诗集、文集的出版，记录了近百年来尤其是改革开放四十多年来，中华诗词从起步、复苏走向复兴的砥砺前行的历程，为近、当代诗歌史的撰写准备了丰富的资料。

　　党的十八大以来，中华民族优秀传统文化重新受到应有的重视。习近平总书记《念奴娇·追思焦裕禄》词和《军民情》七律的相继发表，引领中华大地诗潮滚滚而来。《中共中央关于繁荣发展社会主义文艺的意见》和中办、国办《关于实施中华优秀传统文化传承发展工程的意见》，都明确提出"加强对中华诗词、音乐舞蹈、书法绘画、曲艺杂技和历史文化纪录片、动画片、出版物等的扶持。"国家教育部组织制定由中华诗词学会起草的新中国语言体系中的新韵书《中华通韵》已经通过国家语言文字工作委员会语言文字规范标准审定委员会审定，即将颁布全国试行。这些都使我们真切地感受到，中华诗词的春天真的到来了。诗人们乘着骀荡春风，正以高昂的激情，书写着中华民族伟大复兴的新时代、新史诗，国家富强、民族振兴、人民幸福的中国梦；正以与人民同呼吸、共命运的诗人之心，对人民的欢乐、人民的忧患、人民的情怀给以诗意的表达；正以"美"或"刺"的诗人之笔，对市场经济大潮中人民对幸福生活的期待，对美好未来的希望，对假丑恶的深恶痛绝，或给以方向，或给以赞美，或给以鞭挞。正如习近平总书记所指出的："好的文艺作品就应该像蓝天上的阳光、春季里的清风一样，能够启迪思想、温润心灵、陶冶人生，能够扫除颓废萎靡之风。"

当前，传统诗词创作者和诗词爱好者队伍发展迅速，已超过三百万。每天创作的诗词作品超过唐诗、宋词、元曲的总和。诗词评论研究队伍也成长很快，诗词评论、诗词学、诗词创作理论研究成果丰硕。如何从浩如烟海的诗词作品中"淘"出优秀作品，并使之存下来、传下去，如何使诗词研究理论成果"面世"并发挥应有的指导作用，确实是摆在我们面前的无可回避的一个重要课题。中华诗词学会是一个没有国家编制，没有国家拨款的社会团体，事业的运转主要靠社会赞助和会员费支撑。俊识（北京）文化传媒有限公司总经理吕梁松、北京采薇阁总经理王强，两位一直是对中华传统文化情有独钟的热心人，慷慨解囊，愿意同中华诗词学会一起，搜集整理编辑推出《中华诗词存稿》这套书，共同为中华诗词文化的继承和发展，做成这件十分有意义的事情。

《中华诗词存稿》主要搜集整理出版三部分内容的资料：一是当代诗词名家的个人作品集；二是当代诗词评论家、诗词学者的学术著作集；三是当代诗词作品、诗词理论学术成果阶段性、专题性、地域性的集成类作品集。诗词作品强调精品意识，沙里淘金，把"有筋骨、有道德、有温度"的优秀诗词作品搜集起来。诗词评论、研究类资料强调理论性和创新性，应具有鲜明的个性特点，具有创建性的见解。集成类的资料应有一定的史料保存价值。总之，做成一套具有当代价值和历史意义的好书。在此，我们编委会人员，向提供资料、筛选编辑、版面设计、校对勘误，包括所有为这套资料付出辛勤劳动的同志们，表示真诚的谢意！

郑欣淼
二〇一九年七月于北京

自　序

　　我重理诗词之事，始于一九七六年，至今已三十个年头了。在此期间，人已成翁而诗兴未减，创作了近三千首。从中自选了六百多首，结成此集，以便读者披阅和批评。

　　本想自己评说一番，又想不必，这一堆作品，好比一个杂货摊，哪样您喜欢，哪样您厌弃，全凭自己取舍，摆摊人的唠叨反而让人扫兴。

　　诗词的复兴才开始，美丽的风景还在后头。记得赵朴老在《片石集》序里讲，自己的诗只起铺路石的作用。讲得好。我的作品也不过是质地粗糙的铺路石。让后来的诗词巨人踏着脊背阔步向前，我感到尽了历史责任，我获得大欢喜。

　　诗词之外，选入"杜撰曲"三十首，作为"附录"。这是一些讽刺诗，比照曲的"葫芦"画成的"瓢"，全不遵守曲的规则。迅翁写过一篇《曲的解放》，这也许可称为解放体。只是游戏之作，无意于革新的探索。

　　繁杂的编辑工作，大部分是老伴李阿龄完成的。时当大暑，闷热多雨，我们经营了半个多月才毕事。如今已立秋，但愿能纳一点新凉。就此为亲爱的读者祝福。

二〇〇七年八月十日于京门蓟轩

目　录

总　序 …………………………………………… 郑欣淼 1
自　序 ………………………………………………………… 1
水龙吟·参加庆祝粉碎"四人帮"游行 ………………… 1
一剪梅·咏水仙 ……………………………………………… 1
临江仙·北海公园重新开放，园中散步 ………………… 2
晚　行 ………………………………………………………… 2
浣溪沙·访梅兰芳墓 ………………………………………… 3
苏幕遮·题照 ………………………………………………… 3
蜂儿闹·咏蜂 ………………………………………………… 4
卜算子·山花 ………………………………………………… 4
浣溪沙·雨中晚步 …………………………………………… 4
水龙吟·登多景亭，望云海 ………………………………… 5
望海潮·访双清别墅 ………………………………………… 5
蝴蝶问答 ……………………………………………………… 6
念奴娇·访上海大陆新村鲁迅故居 ………………………… 7
鹧鸪天·看影片《阿波罗登月》 …………………………… 8
念奴娇·过华山漫想 ………………………………………… 8
望海潮·访龙门石窟 ………………………………………… 9
玉楼春·访龙门东香山白居易墓 …………………………… 9
卜算子　二首 ………………………………………………… 10
　　大　雾 …………………………………………………… 10
　　云　海 …………………………………………………… 10

小饮来今雨轩，赠阿龄……………………………………… 10
夜　思……………………………………………………… 11
自题《海燕戒》…………………………………………… 11
卜算子·中秋对月　二首………………………………… 12
过山西侯马车站　二首…………………………………… 13
南乡子·登西安大雁塔…………………………………… 13
念奴娇·访西安半坡村遗址……………………………… 14
贺新郎·访成都杜甫草堂………………………………… 15
水龙吟·登安澜亭………………………………………… 15
杂感　四首………………………………………………… 16
水龙吟·过香溪口………………………………………… 17
贺新郎·过巫峡…………………………………………… 18
吴山青·峡中即景………………………………………… 18
三峡放歌　八首…………………………………………… 19
　　早发朝天门………………………………………… 19
　　宿万县……………………………………………… 19
　　晓出夔门…………………………………………… 19
　　峡中即景…………………………………………… 19
　　叩舷漫想（一）…………………………………… 19
　　叩舷漫想（二）…………………………………… 20
　　叩舷漫想（三）…………………………………… 20
　　叩舷漫想（四）…………………………………… 20
江航　二首………………………………………………… 21
　　晓　航……………………………………………… 21
　　夜　航……………………………………………… 21
八声甘州·过赤壁………………………………………… 22

贺新郎·咏曾侯乙编钟…………………………………… 22
踏莎行·登南山积雪亭…………………………………… 23
天仙子·凌晨登狮子沟南山……………………………… 23
琵琶仙·海上大风雨……………………………………… 23
临江仙·咏石莲…………………………………………… 24
沁园春·海滨晚眺………………………………………… 24
题《郁达夫诗词抄》 三首……………………………… 25
过蚌埠，赠阿龄…………………………………………… 26
龙井道上 二首…………………………………………… 26
水龙吟·咏西湖堤上碧桃………………………………… 27
满江红·访岳坟…………………………………………… 27
踏莎行·咏史……………………………………………… 28
高阳台·访兰亭…………………………………………… 28
凤凰台上忆吹箫·访沈园………………………………… 29
鹧鸪天·访秋瑾故居……………………………………… 29
潮音小录 四首…………………………………………… 30
　　食　蟹……………………………………………… 30
　　游　泳……………………………………………… 30
　　观　潮……………………………………………… 30
　　敲　棋……………………………………………… 30
西江月·过乌江…………………………………………… 31
临江仙·访娄山关………………………………………… 31
水龙吟·访黄果树大瀑布………………………………… 32
鹧鸪天·读报有感………………………………………… 32
太原 二题………………………………………………… 33
　　题晋祠唐槐………………………………………… 33

题杏花村汾酒	33
贺新郎·晋祠难老泉	34
满江红·晋祠周柏	34
念奴娇·晋祠圣母殿侍女群像	35
登九华山 三首	35
夜宿九华山	35
雨　后	35
题立庵	36
水调歌头·望九华山云海	36
过山顶人家	36
太白井歌	37
我掬清泉广君心	37
一剪梅·即景	38
洞仙歌·登含鄱亭	38
咏鸟 三首	39
天　鹅	39
老　鹰	39
仙　鹤	39
减字木兰花 二首·感旧	40
水龙吟·海上日出	41
秋波媚·想霄霄	41
鹧鸪天·寄阿龄	42
海上大风雨	42
望海潮·登蓬莱阁	43
小重山·咏雀	43
过南京感旧 二首	44

水调歌头·雨中望太湖	45
晓行　六首	45
念奴娇·访舣舟亭	47
减字木兰花·午睡醒来即景	47
八声甘州·夜过黄河	48
伴潮吟　四首	48
听鹂（一）	48
听鹂（二）	48
采野花	49
逢老战友	49
定风波·咏凌霄花	49
水调歌头·游泳	50
题画　四首	50
题画梅	50
题江头兀坐图	50
题赤壁图	51
题山林风雨图	51
赠张志民同志	51
论　文	52
赠王洛宾老友	52
念奴娇·戏题紫竹院问月楼	53
浣溪沙　五首	53
过黄河	53
登新建黄鹤楼	53
杉湖步月	54
登伏波山	54

览古石刻 …… 54
八声甘州·自桂林赴阳朔舟中 …… 55
汉宫春·题芦笛岩钟乳石 …… 55
青岛述怀 …… 56
临江仙·感旧 …… 56
西江月·晓望 …… 57
生查子·日午滩头亭子上小睡 …… 57
登岱 三首 …… 58
沁园春·登泰山极顶 …… 59
答李汝伦同志 …… 60
中州杂兴 二首 …… 60
  题少林寺达摩洞 …… 60
  题二将军柏 …… 60
临江仙·题三游洞 …… 61
减字木兰花·宿黄石海观山宾馆挹江楼 …… 62
念奴娇·访东坡赤壁，用东坡韵 …… 62
访李清照纪念馆 …… 63
访辛弃疾纪念馆 …… 63
临江仙·台风 …… 64
临江仙·访鸿门宴遗址 …… 64
贺新郎·秦陵兵马俑 …… 65
自嘲 …… 65
扬州慢·重游扬州 …… 66
卜算子·瓜州渡漫想 …… 66
谒史可法祠 …… 67
鹊桥仙·访吴县灵岩 …… 67

南游杂兴　五首·· 68
　　吊石涛·· 68
　　赴苏州道上·· 68
　　苏州街头即景·· 68
　　过唐寅墓·· 68
　　过石湖·· 68
虎跑饮茶，同微子诸友·· 69
翠楼吟·咏红莲·· 69
瞻仰闻一多先生塑像·· 70
谒聂耳墓·· 70
杏石村　三首·· 71
　　夜　思·· 71
　　野　趣·· 71
　　山　游·· 71
飞机上　二首·· 72
八声甘州·深夜抵华盛顿，仰见弦月如眉·········· 73
减字木兰花·感赋·· 73
永遇乐·芝加哥密执根湖畔·································· 74
采桑子·奥斯汀街头小景······································ 74
口　占·· 75
贺老伴儿生日·· 75
见华人乞者·· 75
金门大桥感事·· 76
扬州慢·檀香山·· 76
赠白鸽·· 77
参观珍珠港事件纪念馆·· 77

游　泳	78
金缕曲・得新疆短刀	78
绝句　二首	79
绝句　三首	79
生查子・晓行记趣	80
金缕曲・访灵渠	81
赠贺敬之同志	81
赠晏明同志	82
题败德碑	82
黄河赞・为开封翰园碑林作。	83
凄凉犯・感旧	83
秋　征	84
偶　感	84
踏莎行・登武夷山天游峰	85
书所见	85
水龙吟・铅山县谒辛弃疾塑像	86
水调歌头・又渡黄河	86
冬　怀	87
夜宿唐山	87
论　诗	88
漫　兴	88
猛洞河纪游　二首	89
长　沙	89
无　题	90
感　春	90
眉妩・咏眉子砚	91

长岛杂兴　四首	92
烛影摇红·咏猴矶岛上野花	94
水调歌头·夜起散步	94
青玉案·感事	95
永遇乐·登太白岩	95
晓发云阳	96
巫山镇夜雨	96
小三峡泛舟	97
八声甘州·登白帝城西台	97
沁园春·居庸关大雪	98
减字木兰花·登张家口大境门	98
赠欧阳中石同志	99
点绛唇·感花	99
金缕曲·莫干山遐想	100
次韵奉和沈鹏同志自题所书宋词长卷之作	101
过汤阴　二首	101
浣溪沙·题安阳袁世凯墓	102
水调歌头·访小屯殷墟	102
念奴娇·海上大风	103
谈诗，赠陈伯大同志	103
泛舟龙庆峡	104
北海桥头感事　二首	105
水龙吟·谒苏公祠	106
念奴娇·咏玉兰	106
谒海瑞墓	107
庆宫春·写感	107

济南漫兴 …………………………………………… 108

金缕曲·游曲阜 ………………………………… 108

水调歌头·中秋步月 …………………………… 109

泛舟新安江至梅城 ……………………………… 109

减字木兰花·过七里泷 ………………………… 110

赠台湾梁云坡老友 ……………………………… 110

除夕守岁 ………………………………………… 111

移居 七首 ……………………………………… 111

沁园春·赠别败笔 ……………………………… 113

清平乐·过乌鞘岭 ……………………………… 113

自武威赴张掖 …………………………………… 114

访渥洼池 ………………………………………… 114

乌夜啼·嘉峪关夜市 …………………………… 114

鸣沙山玩月 ……………………………………… 115

八声甘州·敦煌壁画 …………………………… 116

桂枝香·登嘉峪关 ……………………………… 116

摸鱼儿 并序 …………………………………… 117

大龙湫放歌 ……………………………………… 118

艺梅叟 …………………………………………… 119

写 感 …………………………………………… 121

元宵对月 ………………………………………… 121

自 嘲 …………………………………………… 122

咏古笛 …………………………………………… 122

春风踪迹 五首 ………………………………… 122

汉宫春·宿黄山光明顶 ………………………… 124

南乡子·海上大风浪 …………………………… 124

水调歌头·烟台感旧 …………………………………… 125
浣溪沙·南阳武侯祠 …………………………………… 125
题陆游砚 ……………………………………………… 126
放言 二首 ……………………………………………… 126
为石河子周总理纪念馆诗碑作 ………………………… 127
水调歌头·雨中泛舟太湖 ……………………………… 127
巴西木·赠刘章同志 …………………………………… 128
俳句 十五首 …………………………………………… 129
    与丽泽大学各国留学生晤谈 ……………………… 129
    于日式餐馆就餐（一） …………………………… 129
    于日式餐馆就餐（二） …………………………… 129
    咏 清 酒 …………………………………………… 129
    夜闻鸟啼，寓舍近战死者之墓 …………………… 129
    听广岛老人话当年 ………………………………… 130
    书字，留别广岛大学诸友 ………………………… 130
    夜宿三岛 …………………………………………… 130
    山高气寒，樱花始开 ……………………………… 130
    题"情人屋" ………………………………………… 130
    富士野生公园记趣（一） ………………………… 130
    富士野生公园记趣（二） ………………………… 131
    富士野生公园记趣（三） ………………………… 131
    夜泛东京湾 ………………………………………… 131
    飞机上望富士山 …………………………………… 131
月上海棠·于日本三岛见黄水仙 ……………………… 132
乌夜啼 ………………………………………………… 132
大钟歌·咏北京大钟寺永乐大钟 ……………………… 133

沁园春 并序 …………………………………………… 134
沁园春·题圆明园断瓦 ………………………………… 135
对　月 …………………………………………………… 135
题双珍砚 并序 …………………………………………… 136
江南好　二首 …………………………………………… 137
金缕曲·自寿　二首 …………………………………… 138
题凤尾螺 ………………………………………………… 139
念奴娇·海恋 …………………………………………… 140
平生最爱月　十六首 …………………………………… 140
银川杂诗　三首 ………………………………………… 144
　　游沙湖 ……………………………………………… 144
　　访西夏王陵 ………………………………………… 144
　　题贺兰山 …………………………………………… 144
青城山口占　四首 ……………………………………… 145
水调歌头·眉山三苏祠中有古井，传为苏氏故物 …… 146
嘉陵烟雨歌 并序 ………………………………………… 146
扬州慢 并序 ……………………………………………… 148
南乡子·参观侵华日军南京大屠杀纪念馆 …………… 148
金缕曲·读报有感 ……………………………………… 149
水调歌头·重到黄山，宿北海宾馆 …………………… 150
题虹彩雨花石 并序 ……………………………………… 150
万亩榴花行 ……………………………………………… 151
过河南叶县 ……………………………………………… 152
访襄樊隆中 ……………………………………………… 153
过邓县，谒范仲淹纪念馆 ……………………………… 153
题　照 …………………………………………………… 154

悼念　二首	154
八声甘州·访虎门炮台遗址	155
虎门　三题	155
题林则徐塑像	155
题旧虎门炮台大炮	155
题销烟池	156
回归砚铭	156
赠方成同志	156
零时抒情　二首	157
摸鱼儿·访屈子祠	158
满江红·君山怀古	159
赠屈子祠演古乐女	159
踏莎行·咏斑竹	160
饮芝麻姜盐茶	160
登岳阳楼放歌	161
四犬诗	162
逸园中秋赏月	163
哭张志民兄	163
扬州慢·卢沟桥凭栏	164
宜昌杂咏　五首	164
秭归赠小学生	164
香溪，咏昭君	164
溯西陵峡	165
到茅坪	165
池养中华鲟	165
水调歌头·访屈子祠	166

遥寄抗洪大军……166
述感 二首……167
望海潮·感事……168
登长白山……168
一剪梅·感事……169
原始森林戏笔 二首……169
江南好 二首……170
赠钟家佐、罗有群夫妇……170
玉楼春·题长青树……171
沁园春·长白山天池……171
浪淘沙四首……172
八声甘州·新加坡漫兴，留别文艺协会诸友……173
浣溪沙·咏蝶……174
夜泛曼谷湄南河……174
帕提亚有感……174
赠殷之光先生……175
金缕曲·石斧，得于宜昌……175
元宵饮酒歌……176
湘游漫兴 五首……177
  题六朝松……177
  参观汉代简牍展览……177
  偶 感……177
  登南岳祝融峰……178
  吃湘菜，戏作……178
后移居诗 十首……178
  揖 别……178

回　眸	179
辞　岁	179
物　情	179
瓦　石	179
客　至	180
名　室	180
夜　思	180
繁　忧	180
嘶　风	181

吃竹虫 ………………………………………… 182

荔乡行　五首 ………………………………… 183
  访黄道周纪念馆 …………………………… 183
  过木棉庵 …………………………………… 183
  天福茶庄饮茶 ……………………………… 183
  游乌山荔枝园 ……………………………… 183
  访厦门郑成功纪念馆 ……………………… 184

念奴娇·海滩夜话 …………………………… 184

悯虫　二首 …………………………………… 185

访贾公祠　二首 ……………………………… 186

水调歌头·登黄鹤楼 ………………………… 187

寄汝伦兄 ……………………………………… 187

望海潮 ………………………………………… 188

栖霞秋兴　八首 ……………………………… 188
  宿金陵栖霞古寺留题 ……………………… 188
  夜　雨 ……………………………………… 189
  山　行 ……………………………………… 189

无　题···189

　　拜观灵谷寺唐玄奘头顶骨·······················189

　　观《瘗鹤铭》原石·······································190

　　题乌衣巷··190

　　自　嘲···190

金缕曲 并序··191

桂平杂咏　五首···193

　　水调歌头·北海银滩遐想··························193

　　题龙麟松··193

　　饮乳泉水··194

　　访金田有感··194

　　泛舟桂平大藤峡··194

醉石歌···195

　　赠钟家佐兄··195

驼铃篇···196

世纪颂···197

逐日图歌 并序···198

重到香山···200

书所见···200

绿阴曲···201

题《竹狐图》···202

自题小照···203

点绛唇·海滩漫步··203

百里红叶歌···204

记吃蟹···205

醉花阴·雪···206

新年题画　六首 ·············· 207
　　初　恋 ·················· 207
　　共　饭 ·················· 207
　　互　助 ·················· 208
　　共　舞 ·················· 208
　　旅　游 ·················· 208
　　补　遗 ·················· 209
咏史　二首 ···················· 209
　　有感于徐福事 ············ 209
　　有感于《长恨歌》 ········ 209
悲　感 ························ 210
韩祠断碑行 ···················· 210
云锦杜鹃歌 ···················· 212
天台，寿孙轶青先生八十华诞 ···· 213
疏　影 ························ 213
欧游杂咏　六首 ················ 214
　　浣溪沙·郊区小旅店 ······ 214
　　减兰·题但丁故居 ········ 214
　　一剪梅·题天鹅照片 ······ 214
　　沁园春·题一片白天鹅羽毛 ·· 215
　　题斗兽场铺路石 ·········· 215
　　鹧鸪天·无题 ············ 216
水调歌头·咏玉蜀黍 ············ 216
咏　碗 ························ 217
红土地放歌　十五首(诗报导) ···· 217
　　题滕王阁 ················ 217

访瑞金中华苏维埃故址（一）…………………218
　　访瑞金中华苏维埃故址（二）…………………218
　　访瑞金中华苏维埃故址（三）…………………218
　　访赣州郁孤台、八景台……………………………218
　　访通天岩，张学良将军曾被禁于此……………218
　　赞脐橙……………………………………………219
　　赞稀土……………………………………………219
　　为赣南卷烟厂题字………………………………219
　　访梅岭陈毅同志当年隐避处……………………220
　　大庾岭观梅（一）………………………………220
　　大庾岭观梅（二）………………………………220
　　题梅关古驿路……………………………………220
　　写　字……………………………………………221
　　赠赣南人…………………………………………221
梅边漫兴　三首……………………………………………222
红豆曲 并序…………………………………………………223
赤　壁………………………………………………………225
井冈山沉思　三首…………………………………………226
　　山　泉……………………………………………226
　　红军小道…………………………………………226
　　竹　海……………………………………………226
水调歌头……………………………………………………227
云端述怀三十韵……………………………………………228
北欧纪行……………………………………………………229
　　哥本哈根，访安徒生故居………………………229
　　题美人鱼雕像……………………………………229

夜航（乘豪华游轮从丹麦到挪威）……………………230
　　公路上……………………………………………………230
　　夜　鸟……………………………………………………231
俄罗斯沉思　七首……………………………………………231
　　彼得堡印象………………………………………………231
　　游艇上……………………………………………………232
　　题列宁铜像………………………………………………232
　　访列宁故居………………………………………………233
　　乞　妇……………………………………………………233
　　拜果戈理墓………………………………………………234
　　归　国……………………………………………………234
红豆篇　七首…………………………………………………235
新桃源行 并序…………………………………………………**237**
鹃声小集　十五首……………………………………………239
　　饮　茶……………………………………………………239
　　习　画……………………………………………………239
　　游　园……………………………………………………240
　　听　禽……………………………………………………240
　　习　书……………………………………………………240
　　谢明锵君…………………………………………………241
　　谢友人……………………………………………………241
　　贺阿龄生日………………………………………………242
　　遣　怀（一）……………………………………………242
　　遣　怀（二）……………………………………………242
　　吟　诗……………………………………………………243
　　闻　雁……………………………………………………243

中夜闻杜鹃……………………………………243
遣怀(三)……………………………………244
自　寿………………………………………244
金缕曲　二首…………………………………245
赞白衣战士…………………………………245
擂鼓之歌……………………………………245
赠程良骏先生……………………………………246
浣溪沙·北戴河……………………………………246
城市风景　十首…………………………………247
三秋八桂行………………………………………249
柳州访柳宗元祠　五首……………………249
桂林夜泛五湖两江…………………………250
水调歌头……………………………………250
飞天　四首………………………………………251
白云词稿　五首…………………………………252
鹧鸪天·即景………………………………252
一剪梅·野餐………………………………253
蝶恋花·蓝色的花…………………………253
望江南·白云………………………………254
玉楼春·译鸟语……………………………254
奥克兰杂感　三首………………………………255
无翼鸟………………………………………255
火山口………………………………………255
采野菜………………………………………256
洒泪送臧老　二首………………………………257
金缕曲·得老藤杖………………………………258

题　照……………………………………………………258
滇游杂咏　四首…………………………………………259
　　水龙吟·洱海泛舟……………………………………259
　　定风波………………………………………………259
　　题五色铺路石………………………………………260
　　望玉龙雪山…………………………………………260
海棠湾诗记　十六首……………………………………260
　　夜　宿………………………………………………260
　　海滩拾石子…………………………………………261
　　藤桥小市……………………………………………261
　　题黄金白玉竹………………………………………261
　　渔村一瞥……………………………………………262
　　挖　贝………………………………………………262
　　渔翁叹………………………………………………263
　　飞鱼叹………………………………………………263
　　读　海………………………………………………263
　　题蝶翅贝壳…………………………………………264
　　"偷"瓜………………………………………………264
　　瓜田落日……………………………………………264
　　庭院即景……………………………………………265
　　赞蚊子………………………………………………265
　　嘲　犬………………………………………………265
　　北　返………………………………………………266
石缘　二首………………………………………………266
　　海浪石歌……………………………………………266
　　卧虎石歌……………………………………………267

题画像 二首……………………………………268
题画梅………………………………………270
樱花短笛 十首……………………………271
  东京浅草寺……………………………271
  宿日本式房间…………………………271
  远望富士山……………………………271
  过富士山………………………………271
  猛　忆…………………………………271
  京都清水寺……………………………272
  京都所见………………………………272
  过岚山…………………………………272
  大阪市大阪城…………………………272
  梦　花…………………………………272
赞本多立太郎………………………………273
汨罗行 三首………………………………273
  沁园春·平江谒杜甫墓………………273
  题紫竹笔筒……………………………274
  题长沙贾谊宅古井……………………274
感动 十二首………………………………275
  邰丽华…………………………………275
  魏青钢…………………………………275
  黄白云…………………………………276
  王顺友…………………………………276
丛　飞………………………………………277
  洪战辉…………………………………277
  李春燕…………………………………277

陈　建 ·· 278

　　　杨业功 ·· 278

　　　费俊龙　聂海胜 ······································· 278

　　　青藏铁路建设者 ······································· 279

　　　有　感 ·· 279

《金缕曲》二首 ·· 279

　　　哭　宴 ·· 279

　　　漏室吟 ·· 280

大运河砖砚歌 ·· 280

浣溪沙 ··· 281

新闻乐府　二首 ··· 282

　　　大玉叹 ·· 282

　　　大竹叹 ·· 284

水调歌头　二首 ··· 285

卜算子　二首 ·· 286

杜撰曲

四霸闹学 ·· 289

葬花记 ··· 291

　　（一折逗笑的小杂剧）································· 291

南郭新传(杂剧新编) ······································· 293

卧龙谈心(套曲新编) ······································· 296

某仙诉苦(拟叨叨令) ······································· 298

武大打虎 ·· 300

叶公骂龙 ·· 302

　　（一折严肃的小笑剧）································· 302

仙女降猴记 ··· 304

小官殉酒记 …………………………………………… 306
新官问卜记 …………………………………………… 309
　　问　一 ……………………………………………… 309
　　问　二 ……………………………………………… 310
　　问　三 ……………………………………………… 310
　　尾　声 ……………………………………………… 311
笔的碑文 ……………………………………………… 312
　　曲　一 ……………………………………………… 312
　　曲　二 ……………………………………………… 312
　　曲　三 ……………………………………………… 313
　　曲　四 ……………………………………………… 313
　　曲　五 ……………………………………………… 314
杏花村的愤怒 ………………………………………… 315
拜石记 ………………………………………………… 317
　　曲　一 ……………………………………………… 317
　　曲　二 ……………………………………………… 317
　　曲　三 ……………………………………………… 318
　　曲　四 ……………………………………………… 318
　　曲　五 ……………………………………………… 319
叹五更 ………………………………………………… 320
　　——买官者的独白 …………………………………… 320
　　曲　一 ……………………………………………… 320
　　曲　二 ……………………………………………… 320
　　曲　三 ……………………………………………… 320
　　曲　四 ……………………………………………… 321
　　曲　五 ……………………………………………… 321

盗臂者言 ························· 322
　　曲 一 ························· 322
　　曲 二 ························· 322
　　曲 三 ························· 323
　　曲 四 ························· 323
　　曲 五 ························· 323
　　曲 六 ························· 324
　　曲 七 ························· 324
　　评 点 ························· 324

大卫之死 ························· 325
　　曲 一 ························· 325
　　曲 二 ························· 325
　　曲 三 ························· 326
　　曲 四 ························· 326
　　曲 五 ························· 327
　　评 点 ························· 327

贪官憾 ························· 328
　　曲 一 ························· 328
　　曲 二 ························· 328
　　曲 三 ························· 329
　　曲 四 ························· 329
　　曲 五 ························· 329
　　尾 声 ························· 330

某官诉状 ························· 331
　　曲 一 ························· 331
　　曲 二 ························· 331

曲 三 …………………………………………331
曲 四 …………………………………………332
曲 五 …………………………………………332
点 评 …………………………………………332
金月饼……………………………………………333
曲 一 …………………………………………333
曲 二 …………………………………………333
曲 三 …………………………………………333
曲 四 …………………………………………334
巷 议 …………………………………………334
芳名劫……………………………………………335
曲 一 …………………………………………335
曲 二 …………………………………………335
曲 三 …………………………………………335
曲 四 …………………………………………336
曲 五 …………………………………………336
［尾声］…………………………………………336
卖乌纱……………………………………………337
引 子 …………………………………………337
曲 一 …………………………………………337
曲 二 …………………………………………337
曲 三 …………………………………………338
曲 四 …………………………………………338
煞 尾 …………………………………………339
小白醉酒…………………………………………339
开 篇 …………………………………………339

观者点评 …………………………………………… 340
"仙人"指路 ………………………………………… 341
　　开　篇 ……………………………………………… 341
　　曲　一 ……………………………………………… 341
　　曲　二 ……………………………………………… 341
　　曲　三 ……………………………………………… 342
　　曲　四 ……………………………………………… 342
　　点　评 ……………………………………………… 342
蝴蝶劫 ……………………………………………………… 343
　　尾　声 ……………………………………………… 344
不孕的桃花 ………………………………………………… 345
鼠界寿宴 …………………………………………………… 346
　　曲　一 ……………………………………………… 346
　　曲　二 ……………………………………………… 346
　　曲　三 ……………………………………………… 346
　　曲　四 ……………………………………………… 347
　　曲　五 ……………………………………………… 347
　　曲外音 ……………………………………………… 347

水龙吟·参加庆祝粉碎"四人帮"游行

秋空万里晴蓝，鸽群雪翼迎风展。红颜白发，裙衫飞舞，彩旗飘卷。锣鼓喧天，欢歌动地，眉舒心暖。看家家归去，开樽煮蟹，拼一醉，不须劝。　　豺狼曾掩人面。肆横行，塞天积怨。枯槐聚蚁，雷霆振迅，黄粱梦断。钳口奔川，冰肠沸火，昂扬亿万。待从头，收拾山河，普天下，同心愿。

（一九七六年十月）①

【注】
① 凡在北京写的，都不注明处所，下同。

一剪梅·咏水仙

翠袖凌波似洛神。风也难侵，雪也难侵。玉英金蕊舞迎春。才报捷音，又报佳音。　　放眼人间万态新。山满清芬，水满清芬。盈盈喜气看花人。笑问花心，何似人心？

（一九七七年二月）

临江仙·北海公园重新开放，园中散步

十年不见湖光好，重来恰是新晴。旧时杨柳笑相迎。经寒枝更健，破雪叶还青。　　歌喉久似冰泉涩，今如春鸟声声。我心应胜柳多情。满湖都是酒，不够醉春风。

（一九七八年三月）

晚　行

山色宜人四月初，明窗短榻借山居。
听松夜半疑风雨，漫步朝来入画图。
花酿浓香微作笑，鸟迎佳客远相呼。
攻关最爱军声静，裁剪春光百卷书[①]。

（一九七八年三月，香山）

【注】
① 在香山公园参加中小学教材编写会议，短期内须编出教材上百册。

浣溪沙·访梅兰芳墓

曾是须髯为恨生①,新天重理管弦声,春风白发哢流莺。　断碣十年无一字②,山花此日最多情,梦中蛱蝶舞轻盈。

（一九七八年四月，香山）

【注】
① 抗日战争期间，梅兰芳先生曾蓄须，以示不为敌人演戏。
② 墓前有石碑仆地，断一角，碑上竟无一字。

苏幕遮·题照

李天绥同志以旧藏一九四九年街头演出剧照相赠，感赋。

大学生，宣传队。苦斗严寒乍见春光媚。十里秧歌锣鼓沸，舞上街头，真个心如醉！　老矣乎？应犹未。不乞天公还我三十岁。百战醇香酣世味。老若来时，开个欢迎会。

（一九七八年五月）

蜂儿闹·咏蜂

晓行深山中,林花盛开,万蜂嗡嘤,汇为乐曲,为词赞之。词牌是我杜撰的。

入山十里林荫道,无数蜂儿闹。淡洒晨曦,轻摇风露,唤醒花魂笑。　　辛勤最是君行早,为酿生活好。万口杭育,声超丝竹,哑了千山鸟。

（一九七八年六月,香山）

卜算子·山花

随处托芳姿,岩隙无不可。且向人间信步来,步步花成朵。　　莫道太伶仃,万卉中有我。何惜无人见素心,自尔红如火。

（一九七八年六月,香山）

浣溪沙·雨中晚步

学会一闲对百忙[①],黄昏小憩步微凉,只疑身在辋川庄。　　山色混茫云泼墨,松梢滴沥雨生香,飞来冷翠上诗章。

（一九七八年六月,香山）

水龙吟·登多景亭，望云海

居然身返洪荒，断崖直下潮如雪①。碧云铺海，波涛极目，东连渤澥。俯仰千秋，沧桑弹指，战龙飞血。听天鸡唱晓，羲和诞日，飞霞彩，周天曜。　　快倒千樽芳冽。共灵均，浩歌击节。凌云赋笔，也应难尽，人间春色。但觉诗魂，腾天化作，万千云雀。倩婵娟弄笛，嘘兰漱玉，和钧天乐。

（一九七八年六月，香山）

【注】
① 据地质学家说，远古时代，北京西山以东都是海。

望海潮·访双清别墅

毛泽东同志于一九四九年春夏间曾在此居住。

云松倚户，山花铺径，春光烂漫双清。浅水鱼翔，高枝鸟啭，低回无限深情。万橹忆南征。恰从容挥手，石破天惊。顾盼山河，毫端滚滚大江声。　　飞来燕子须轻。嘱微风扫砌，悄悄经行。应是操劳，适才暂睡，晓窗乍熄明灯。九亿奋攀登。有捷书万叠，竞献纷呈。快扫藤床待坐，一览众山青。

（一九七八年六月，香山）

蝴蝶问答

早起登山，有十几只小蝴蝶宛转相随，挥之不去，戏写小诗。

翩翩蝴蝶飞，恋恋随行步。
我行蝶也行，我住蝶也住。
或高拂衣襟，或低绕双足，
或依似相携，或随若同路。
掬之掌上看，不惊也不惧。
纵之上青天，飞还复相逐。
与君不识面，况乃各殊族。
道路偶相逢，相亲问何故？
莫非乍出生，不解爪牙毒，
全无警戒心，恋人如恋母？
莫非天上来，世途苦不熟，
贪戏百花间，辗转迷归路？
莫非山之灵，幽栖在林木，
感我爱山情，为唱无声曲？
莫非花之精，生小同春住，
知我访春来，故作迎宾舞？
我话未说完，蝶笑把嘴捂。
缓缓掠鬓飞，低低作耳语：
笑君何太痴，浮想全无据。
把我比神仙，我实爱凡俗。
四化大进军，文苑齐擂鼓。
老者忘其年，七十如十五；

少者显英姿，出山跳乳虎；

弱者变康强，参茸不须补；

病者痛若失，跑步追行伍。

知君是诗迷，吟诗定无数。

一路进山来，诗多恐难负。

特地飞相随，为君驮诗句。

（一九七八年八月，香山）

念奴娇·访上海大陆新村鲁迅故居

小楼一统，作昆仑，顶住天倾地圻。严夜高窗灯一穗，照出横行鱼鳖。吟罢低眉，起燃烟卷，西北看明月。雄鸡高唱，于无声处听得。　　而今换了人间，先生何去？仿佛才离座。是赴京华十月宴，谈笑商量治国？是访车间，工人聚会，促膝谈新作？也说不定，红巾①请去伯伯。

（一九七八年九月，上海）

【注】
① 红巾，指戴红领巾的少年。

鹧鸪天·看影片《阿波罗登月》

缥缈星槎入汉微，高寒应有桂花期。登天不待长生药，如梦真悬雅各梯①。　　尘莽莽，莫兴悲。于无生处见生机：琼楼修起环山畔，自有嫦娥上下飞。

（一九七九年二月）

【注】

① 《创世纪》载，雅各梦见一架梯子上顶天穹，上帝的使者由此往来上下。

念奴娇·过华山漫想

娲皇当日，向人间遗落，几多灵石？化作芙蓉青玉色，削出蓓蕾千尺。万劫升沉，百王争战，不减亭亭直。问花开否？花曰自有开日。　　而今雪霁冰融，风柔土沃，到了开时节。为洒银河天外雨，为照团圞明月。为闪虹霓，为鸣霹雳，花瓣轰然裂。冲天香阵，大寰齐舞蜂蝶。

（一九七九年三月，赴兰州途中）

望海潮·访龙门石窟

杨丝漫舞,桃枝含笑,洛阳才及初春。碧水中流,苍崖对峙,飞桥高架龙门。访古纵登临。看依山凿壁,石窟连云。嗔笑多姿,往来惊叹五洲宾。　　凡愚妄说诸神。是劳人斤斧,结想凝心。千载蒙尘,今朝刮目,望中天地全新。低语欲掀唇。诧何来伊甸?笑问行人。起舞翩翩,四山花影动衣裙。

（一九七九年三月,洛阳）

玉楼春·访龙门东香山白居易墓

春生伊水层波绿,来访香山山上墓。诗家好鸟解迎人,唤醒碧桃千百树。　　琵琶笑拨翻新曲,稳暖重裘天下覆。晓眠惊起铁牛声,更贺人间开冻雨[①]。

（一九七九年三月,洛阳）

【注】
① 白居易讽喻诗中有一首《贺雨诗》。

卜算子 二首

大 雾

开户不见山,疑是山飞去。犹剩遥天一抹青,转眼觅无处。　倒屐欲寻山,细想宜留步。应是山飞我也飞,身在山中住。

云 海

俯看海漫漫,仰看天澹澹。倒转时光一万年,海在西山畔。　日影乍沉浮,楼阁成虚幻。远处苍茫看我山,也道蓬莱见。

(一九七九年三月,香山)

小饮来今雨轩,赠阿龄

暂抛世事千端虑,来访名园三月春。
褪柳辰光参冷暖,酿花天气半晴阴。
初莺尚涩枝头语,浅草微留梦里痕。
三十年来甘苦共,明轩小盏对知音。

(一九七九年四月)

夜 思

雾幻楼台认未真,指烟明灭夜深沉。
银潢度雀看无影,月桂摇风听有音。
湘管一枝身忘老,新醅百盏味初醇。
诗心合逐征帆去,晓在关河第几津?

(一九七九年九月)

自题《海燕戒》

《海燕戒》是我第一本寓言诗集。

狂吟百首意如何?画鬼生涯笑里过。
方朔偷桃曾暂谪,淳于饮酒不嫌多。
解情鱼鸟怜伊索,疾恶肝肠爱尺郭[①]。
唱罢华鬘浑忘倦[②],望中花树正婆娑。

(一九七九年九月)

【注】

① 《神异经》:"南有人焉,周行天下。其长七丈,腹围如其长。朱衣缟带,以赤蛇绕其项。不饮不食,朝吞恶鬼三千,暮吞三百。此人以鬼为饮,以雾为浆。名曰尺郭,一名'黄父'。"

② 华鬘,指《痴华鬘》,即《百喻经》。

卜算子·中秋对月 二首

（一）

　　君在俯首看，我在抬头望。我爱中秋天宇澄，君爱人间广。　　何处是人间？何处是天上？但觉神飞天地间，上下玻璃样。

（二）

　　注酒夜光杯，君在杯中笑。眉眼今宵喜气多，心事烦相告。　　心事告君知，开口声儿俏：何日亲人接我来，祖国飞船到？

（一九七九年中秋）

过山西侯马车站 二首

　　一九五八年下放山西稷山县劳动锻炼,是夜间在侯马下车的。二十多年后的今天又夜过侯马,百感交集,口占二绝。

(一)

站台灯火还如旧,此去山乡记夜行。
二十一年弹指过,苦茶醇酒味人生。

(二)

大娘煮饭香留颊,老伯教耕语在心。
尝遍世间多样水,井台不忘捧瓢人!

　　　　　　　　(一九七九年十一月,赴西安途中)

南乡子·登西安大雁塔

血泪少陵篇①,回首一千二百年。石破天惊今古变,人间,天地悠悠塔影寒。　　八百里秦川,路网卤林万缕烟。莫道千秋坐不语,终南,欲逐盘雕飞上天。

　　　　　　　　(一九七九年十一月,西安)

【注】
① 杜甫有《同诸公登慈恩寺塔》一诗。

念奴娇·访西安半坡村遗址

　　遗址展览馆前有一个水池，水上多睡莲，水池中心树有半坡人的塑像。一个少女正在倾倒一个纺锤形的陶瓶，仿佛从中泻出一线清亮的水来。

　　长瓶倾侧，泻清泉，俯看波心笑影。影入群花难复辨，谁把睡莲摇醒？陶采初红，石锋未利，已展华胥梦。眉梢曙色，明眸自尔炯炯。　　艰难史步前行，涓涓一线，终作掀天涌。推想六千年后事①，多少人间佳境！雷爆层霄，霜摧万绿，未必劫灰冷。半坡芳草，风来我欲酩酊。

（一九七九年十一月，西安）

【注】
① 半坡人距今约六千年。

贺新郎·访成都杜甫草堂

万里桥西路。想先生，凄惶戎马，剑南流寓。老病益繁忧国泪，洒遍江干花木。剩几许愁边情趣？稚子敲针妻画纸，隔疏篱野老传村醑。漫随手，拾珠玉。　　不忧破屋秋风怒。愿人间，鳞鳞广厦，尽遮风雨。此景今朝突兀见，翘首万家华屋。更九域早红新绿。快展蜀笺一万丈，破愁颜，待写春风句。公何在？寻花去。

（一九七九年十一月，成都）

水龙吟·登安澜亭

亭在灌县离堆伏龙观内，可俯瞰都江堰全景。

那时金铁初融，壮图已压岷江浪。万人箕畚，猿猱辟易，蛟龙惊让。堰垒飞沙，江分鱼嘴①，灌渠如网。看离堆缺处，纵横斧迹，恍如听，崩崖响。　　小伫危亭望远，尽青青半空烟嶂。江山如画，古今弹指，悠然遐想：使李冰公，握核动力，肯拘一盎！听千河潮起，飞涛漱雪，作惊天唱。

（一九七九年十一月，成都）

【注】
① 飞沙堰、鲤鱼嘴是都江堰的两个地名。

杂感 四首

(一)

杜甫草堂,参观者不绝。唐玄宗也曾逃到成都,遗迹荡然无存。

谁识明皇幸蜀来?绵绵长恨付蒿莱。
始知肠断淋铃雨,不及秋风茅屋哀。

(二)

汉代文学家扬雄曾居成都。访其遗宅,已很少人知道了。

徒将浅陋文艰深,不问兴亡不问民。
宿燕谁知扬子宅?雕虫万字等埃尘。

(三)

未能登峨眉,很遗憾。友人告诉我,峨眉有许多庙宇,浩劫中破坏不少,最近正在修复。

无暇登山空有梦,谈山听罢却凄然。
峨眉一百八十寺,多少楼台剩断垣!

（四）

盐亭县在绵阳专区，杜甫曾到过这里。山上保存着杜甫住过的屋舍。山壁上刻有杜诗。浩劫中都遭破坏。

销诗毁屋荡无存，棍棒何曾赦古人！
料得泉台难睡稳，也防揪斗夜砸门。

（一九七九年十一月）

水龙吟·过香溪口

这里是王昭君的故乡。传说昭君梳洗时将一颗珍珠落在溪里，溪水流香至今。

画图纵识朱颜，绮楼未必如君意。马头翘首，万山云月，几多豪气！千载琵琶，只弹幽怨，未为知己。看年年青冢，飘飘素雪，都化作，春风蕊。　　岂止龙沙遗念？故乡人，问君归来。当年妆竟，堕珠敲皱，一溪寒水。珠是侬心，绿波香染，长流不已。看春同南北，百族亲睦，她笑在，波心里。

（一九七九年十二月，三峡途中）

贺新郎·过巫峡

望巫山十二峰，欲制新词，推敲未就，向晚至葛洲坝工地，足成之。

笑煞高唐赋。听舟人，别传佳话，知谁宋玉！十二连峰夹翠峡，都是飞来天女。看卷地飞涛喷注。雾鬓风鬟江畔立，护朝朝暮暮帆樯渡。听千载，猿啼苦。　　我来欲共群仙语。对坝头，万千灯火[①]，听谈心曲：愿作朝云迎晓日，愿作催春暖雨。待坝截平湖澄绿。喜照新妆明镜里，洒人间万点飞花舞。拍舷浪，声声鼓。

（一九七九年十二月，三峡途中）

【注】
① 葛洲坝水电站在施工。

吴山青·峡中即景

云迷蒙，浪迷蒙，浪蹴云山十二重，连滩乱石丛。　　歌从容，笑从容，摇橹横江渡短篷，飘飘衫子红。

（一九七九年十二月，三峡途中）

三峡放歌 八首

早发朝天门

一声长笛别山城,回望楼台叠墨屏。
月堕沧波沉半璧,船联灯火织飞星。

宿万县

万县滩头夜色清,深舱月悄听江声。
依稀梦共江神语,赠我江花一握青。

晓出夔门

山蹲虎豹行扑面,江涌蛟龙欲入舟。
仰望天光存一线,瞿塘峡上月如钩。

峡中即景

谁似多情造物心?于千仞上植灵根。
好花自在迎人笑,一树金黄幔白云。

叩舷漫想(一)

鲧禹导江存史话,蚕鱼开国但传闻[①]。
举杯默向遥天祝,第一操舟下峡人。

叩舷漫想（二）

先民自有凌云概，压倒川江万古波。
但看森森崖壁上，古来篙眼似蜂窝。

叩舷漫想（三）

滟滪堆平险化夷，鬼门关破鬼歔欷。
人间有路从无路，此意滔滔江水知。

叩舷漫想（四）

千寻筑坝平湖现，万里游船水翼驰。
畅想他年成四化，尽磨石壁写新诗。

（一九七九年十二月，三峡途中）

【注】

① 有的古书上说，鲧对于治水也起了很大作用，所以鲧、禹并提。蚕丛、鱼凫相传是古代巴蜀开国的君主。

江航 二首

晓 航

星星渔火闪微红,急峡飞湍尚梦中。
一万征程弹指尽①,三千里路大江东。
无边天地随奔浪,终古波涛有劲风。
帆影日边青数点,错疑鹰隼击遥空。

夜 航

低昂山影掠船飘,浪涌星天尽荡摇。
岸际微茫看远市,烟中明灭数航标。
江流劈堑终无阻,世路回肠日向高。
欲卜神州千载后,心腾万马问滔滔。

(一九七九年十二月,长江途中)

【注】
① 发自北京,经西安,越秦岭,抵成都;复北走绵阳,返成都,经重庆,放舟三峡而东。此际已近武汉。屈指算来,行程万里有余了。

八声甘州·过赤壁

负残阳,断壁掠舷飞,火扑大江流。恍严宵斫案,稀星横槊,飞熛摧舟。还又短篷明月,迁客足歌讴。巨舶一声笛,俯仰千秋。　　掌上评量今古,对滔滔烟水,片片沙鸥。信来者必至,往者未须留。倒芳樽,欲酹犹未,添几茎白发也难愁。看明朝,戟沉沙处,十万江楼。

(一九七九年十二月,长江途中)

贺新郎·咏曾侯乙编钟①

沉睡经千古。乍醒来,人间何世?蓦然惊顾:不见玄黄漂杵血,不见王庭鞭扑。听处处承平笑语。广厦连云黎庶宅,遍寻常巷陌喧丝竹。曾有梦,梦不足。　　高堂陈列朱栏护。喜难禁,铿锵肝肺,向人倾诉。大吕黄钟都厌奏,为演扶摇新曲。骇莽莽雷霆驰逐。十万长鲸吹海浪,倒鲛宫飞泻珍珠雨。谁道是,青铜铸?

(一九八〇年七月)

【注】

① 中国历史博物馆展出湖北省随县曾侯乙墓出土大型编钟,还用它演奏了几首现代歌曲。

踏莎行·登南山积雪亭

一掌天青，四围松绿，众山盘卧苍龙伏。飘风忽地乱林梢，只疑龙动思腾去。　　十载冰霜，百年风雨，棱棱铁骨还如许。会当跃起破云飞，雷霆十万为君鼓。

（一九八〇年七月，承德）

天仙子·凌晨登狮子沟南山

雾海漫山山未醒，乘风直到蓬莱顶。却惊天上有人家，白云冷，鸡声竦，一星星外篱花影。

（一九八〇年七月，承德）

琵琶仙·海上大风雨

巨浪吞云，望一气迷蒙，浑浑如墨。电火闪处惊看，海天骇相搏。惊涛欲撞天飞去，天以狂风来截。两败轰然，龙宫颓坏，娲石崩裂。　　忽此际，飘堕诗神，雾掩肌肤皓如雪。对坐青鲸背上，饮千杯芳洌。诧无数鱼龙奔啸，却奄忽欲寻无迹。回首断虹千丈，有大星明灭。

（一九八〇年八月，北戴河）

临江仙·咏石莲

漫道好花终有谢,请君看取石莲。潮风浪雨万千年,何曾红粉坠?犹自绿云鬟。　　即使石莲也有谢,春来又见田田。生生长在好花间,迷阳休结子,钩棘莫生尖!

(一九八〇年八月,北戴河)

沁园春·海滨晚眺

海色漫漫,一望清空,我思悄然。看残阳吻浪,欲离未忍;高星印水,乍见生怜。天也多情,人应难老,不羡蓬莱世外仙。潮音小,似悲歌海女,怅望尘寰。① 　　低徊默祝安澜。愿无雨无风一万年。遍冰洋赤道,绿吹微雨;欧湾亚港,碧漾清涟。处处荷香,宵宵圆月,万族酣歌放画船。惊远望,有鲸鲨撒浪,鳍鬣磨天。

(一九八〇年八月,北戴河)

【注】

① 安徒生童话《海的女儿》,写海的女儿向着人间悲歌,希望成为真正的人。

题《郁达夫诗词抄》三首

（一）

风散狂花可奈何？犹闻壮士唱荆歌。
诗肠已许柔如水，更爱男儿热血多。

（二）

不同宋玉夸浮艳，颇似灵均足怨嗟。
谁解苏门题啸隐，冰心一片赋梅花。

（三）

悲歌浮梦两无痕，一卷新诗最爱君。
已诧飞花声戛玉，剧怜山鬼影随人。

（一九八一年三月）

［附记］读近代诗词，至达夫先生而心折。于哀艳之外有金鼓之声。先生一生演了许多悲剧，所作实血泪所凝。

过蚌埠，赠阿龄

我在凤阳县住干校三年。阿龄几次来看我。我迎她送她都在蚌埠。今日思之，感慨万端，遂赋长句。

送君北返忆当年，见面时难别亦难。
万事吞声成苦笑，相携无语劝加餐。
严霜何幸存蒲柳？筋力犹堪据马鞍。
且喜沧浪清似许，春风一泛五湖船。

（一九八一年四月，赴杭州途中）

龙井道上 二首

（一）

水复山环万绿遮，猩红数点杜鹃花。
轻歌一曲寻何处？巧手盈盈看采茶。

（二）

遮道清清浅水回，跳珠溅玉湿春衣。
山茶扑落花如雪，行过丁冬第九溪。

（一九八一年四月，杭州）

水龙吟·咏西湖堤上碧桃

　　剪裁多谢春风,长堤照眼花千树。峭寒消尽,莺声轻唤,一番新雨。似雪含香,如烟敷彩,乍迷洲渚。恍万千西子,浣纱倒影,扰乱了,湖波绿。　　我惜花光尚少,愿中华尽弥香雾。千里万里,游蜂舞蝶,坠红翻素。鸟绝鹰鸮,鱼无鲛鳄,人皆俦侣。折新枝,点点含苞,更栽向,无花处。

（一九八一年四月,杭州）

满江红·访岳坟

　　往史悠悠,都恰似酒阑歌歇。算只有,庙堂高冢,长存忠烈。积毁宁销天地气?摧烧不灭男儿血。喜重瞻,长啸抚吴钩,锋如雪[①]。　　湖光净,杨丝碧,莺宛转,花稠叠。待从头收拾,人间风月。薪胆而今须壮志,中华自古多英杰。驾长车百万指新征,关山越。

（一九八一年四月,杭州）

【注】
  ① 岳坟岳庙,十年浩劫中曾遭破坏。今修缮一新。岳飞的塑像,手抚长剑,眼望山河,比原来的更好。

踏莎行·咏史

史载葛岭上有贾似道宅第。问之杭州人,竟无知者。

半壁刀兵,万民沟壑。湖山甲第飘仙乐。羽书且莫报襄樊,秋虫得失劳帷幄①。　　古月荒凉,飞蓬萧索。知谁来认魏公阁。朝朝岭下过游人,都言去谒将军岳。

（一九八一年四月,杭州）

【注】

① 史载贾似道淫戏误国,常与群妾踞地斗蟋蟀。时襄阳、樊城为北兵久困,兵书不报,欺帝曰:"北兵已退。"

高阳台·访兰亭

菜陇摇金,紫苕铺绣,南游恰是清明。小驻征车,来寻会稽兰亭。崇山不改流觞在①,似当年修竹青青。畅和风,扑面如闻,衣履芳馨。　　南奔冠盖唯挥麈,任剑华尘锁,鸡唱谁惊?茧纸龙蛇,可怜千载书名。不须俯仰悲今昔,倒金罍,别有幽情:走雷霆,如画江山,醉墨纵横。

（一九八一年四月,绍兴）

【注】

① 报载最近在兰亭出土青玉杯一只。

凤凰台上忆吹箫·访沈园

门掩桐花，径埋莎草，沈园已是春深。看碧溪弯月，鱼浪吹纹。一自惊鸿照影，红雨坠，犹作啼痕。尽飞絮，蒙蒙如雪，直到而今。　　游人。过石桥去，漫挽手轻歌，步入花阴。料绿波应讶，光景全新。为问过墙蛱蝶，情恋恋，可是归魂？嫣然笑，飞上蓝天，溶入晴云。

（一九八一年四月，绍兴）

鹧鸪天·访秋瑾故居

一剑飞光破大昏，刑天不死跃强魂。秋风秋雨铿锵泪，春草春花肃穆心。　　凭往迹，叩来今。岂无聚铁铸刀人①？更拼十万头颅血②，不信难将海岳新。

（一九八一年四月，绍兴）

【注】
① 秋瑾句："铁聚九州，铸造出千万柄宝刀兮，澄清神州。"
② 秋瑾句："拼将十万头颅血，定把乾坤力挽回。"

潮音小录 四首

食 蟹

白头经浩劫,未死喜重逢。
对酌一瓶酒,双剖蟹壳红。

游 泳

碧软波为枕,花柔浪作衣。
心同海天阔,仰看一鸥飞。

观 潮

枕上疑风雨,滩头看大潮。
长鲸三百万,喷沫上青霄。

敲 棋

花阴印藤案,对坐小廊清。
蝉韵长不断,敲棋铿有声。

(一九八一年八月,北戴河)

西江月·过乌江

江上飞架公路、铁路二桥,往日的铁索桥不见了。乌江水电站的大坝巍然矗立,与群山竞秀。

夹岸千峰叠翠,中流一水奔青。飞仙抛坠舞衣轻,长带飘来犹动。　　往日桥横铁索,而今坝截奔洪。八方灯火照乡城,梦到移山新境。

（一九八一年九月,贵阳）

临江仙·访娄山关

徘徊于毛泽东同志《忆秦娥》词碑之下。时间已过了半个世纪,但红军的革命精神应是永远年轻的。

太古双尖①应是海,怒涛凝作苍山。山头乔木记当年,残阳明赤帜,飞马度雄关。　　不复悬肠一径险,而今大道夷宽。西风仍解送征鞍,松声来骤雨,雁阵叫长天。

（一九八一年九月,贵阳）

【注】
① 娄山关附近有大尖山、小尖山。

水龙吟·访黄果树大瀑布

昔人把瀑布比作银河倒泻、白练悬空,都未能尽瀑布之美。你看那凌空飞动的千丈悬水,多么像一位素衣的女神!

未当老却天孙,玉肩飘下千丝发。银河浴罢,乌云应是,尽溶明月。乍起披衣,流光泻影,素绡犹湿。看断虹飞处①,轻回罗带,被雾雨,吹无迹。　　下注深潭千尺。对镜台,冷光澄澈。树摇珠翠,花匀粉黛,新妆初饰。半隔飞烟,半遮晴霭,半倚虚碧。有晨晖掠鬓,嫣然破笑,却惊是,天花坠。

(一九八一年九月,贵阳)

【注】
① 阳光闪处,水雾中出现虹彩,七色灿然。

鹧鸪天·读报有感

报载某山区一对青年结婚从简,却将积存的八百元结婚费给家乡修了六座石桥。

何处新风韵最娇?山花秀出百花梢。但思比翼遵鹏路,厌为双栖营燕巢。　　生命贵,爱情高,为自由故两堪抛。自由花遍人间世,要为人间架鹊桥。

(一九八二年六月)

太原 二题

题晋祠唐槐

晋祠有唐槐数株,枝叶繁茂,李白曾游晋祠,也许曾在槐下吟诗吧!

葱茏佳色逾千春,铜铸高柯石琢根。
应是谪仙曾倚树,至今风雨作龙吟。

题杏花村汾酒

时报刊上有杏花村在山西还是在安徽的争论。

一杯竹叶入微醺,三盏汾清①味正醇。
北地南天何用问,人间随处杏花村。

(一九八二年八月,太原)

【注】
① 汾酒,古称汾清。

贺新郎·晋祠难老泉

何物真难老？怅千秋，悠悠大化，茫茫天造。沧海尘生桑柘绿，白浪还夷云峤。料天上也难永好。应是长生终有尽，甚神仙白发医无药？知生灭，参众妙。　　一泉奔泻瓜藤绕①。渺予怀，水波澹澹，秋风袅袅。我有心泉流不尽，欲灌九州芳草。问钩棘尚余多少？忙里不知头渐白，听心声欢似婴儿跳。老矣乎？真难老。

（一九八二年八月，太原）

【注】
① 晋祠有对联云：一沟瓜蔓水，十里稻花风。

满江红·晋祠周柏

历劫千秋，看犹是，青青如许！想曾见，白旄黄钺，绿薇孤竹。历历九朝移剑玺，悠悠大块迁陵谷。试欠伸，开眼醒时看，才朝暮。　　巢燕雀，憩狐兔，熏野火，伤樵斧。更雷霆震灼，披霜溜雨。干卧苍龙鳞甲动，风摇香叶鸾凰舞。定朝来，万尺绿云飞，冲天去。

（一九八二年八月，太原）

念奴娇·晋祠圣母殿侍女群像

　　这些像是宋代塑造的。抱衾捧匜，含愁却步，容态如生，一洗佛像毫无人气的俗态。

　　此情难诉。只含愁默默，捧匜凝伫。背立低眉多少恨，欲语却还无语。才是华年，堪惊云鬓，已被初霜侮。殿廊风紧，飞花乱落如雨。　　我来多谢良工，一时真态，妙手留千古。若是芳心知世变，喜极翻当一哭。你看那边，姐妹来了，便可相携去。光风转蕙，联翩蛱蝶飞舞。

（一九八二年八月，太原）

登九华山 三首

夜宿九华山

　　窥窗星斗印残卮，云湿寒衾夜半时。
　　可有惊风来赤豹？欲邀山鬼共敲诗。

雨 后

　　伽蓝何处失楼台，一气迷蒙拨不开。
　　客舍疑飞天上去，白云舒卷入窗来。

题立庵

劫灰飞尽事多忘，偶触惊魂暗自伤。
净土宁存方丈地，弹痕犹满立庵墙。

（一九八二年八月，九华山）

水调歌头·望九华山云海

云与山相戏，百变幻山容。重重蔽天青嶂，转眼觅无踪。忽作茫茫大海，但见涛头百怪，踊跃竞腾空。忽作千崖雪，琢玉白玲珑。　　忽奔狮，忽走象，忽游龙。忽作注坡万马，散乱抖长鬃。忽作往来天女，含笑低眉下望，飘卷袖如虹。转眼云消散，万壑响松风。

（一九八二年八月，九华山）

过山顶人家

叠石盘山一径斜，白云深处两三家。
过墙竹接清泉水，障户棚悬绿蔓瓜。
指路樵童披径草，轻歌浣女隔篱花。
门前黄犬不相戒，相送依依过翠崖。

（一九八二年八月，九华山）

太白井歌

井在九华山，传李白登山时，曾就此井饮水休息。

我游晋祠才昨日，水母宫前水如碧①。
狂歌痛饮不同时，独抚唐槐三叹息。
长风浩浩路三千，乘风来上九华山。
山色满襟云满袖，太白井里汲清泉。
诗骨崚嶒傲权贵，暂向名山寄踪迹。
曾思江水化春醪，一井清清岂君意！

我掬清泉广君心

愿将井水蒸作满天云，厚如崇山涌如大泽波涛奔。
散作红黄紫白花千亿，幻作琼楼玉宇众仙来往飘衣裙。
炎蒸遮阳旱作雨，茫茫八青均春温。
愿将井水化作美酒流滔滔，莲花竹叶红葡萄。
千杯万杯酒花溢，千里万里酒香飘。
巨海作壶山作盏，九州万姓欢歌笑语无忧劳。
往古梦魂飞不到，如斯乐国而今举目能见手能招。
愿将井水快磨千石墨，尽招天下诗人写新作。
太白井畔结诗社，何以名之名"太白"。

(一九八二年八月，九华山)

【注】
① 李白《忆旧游寄谯郡元参军》诗中有"晋祠流水如碧玉"句。

一剪梅·即景

自三宝树穿小径至黄龙潭、乌龙潭,一路大竹蔽天,湿翠欲滴,凉雨蒙蒙,飞泉似雪。

幽谷披云一径通,山也朦胧,云也朦胧。万竿青竹戛微风,风也丁冬,竹也丁冬。　飞瀑双悬绿竹丛,喷雪蒙蒙,喷雾蒙蒙。半枝花影卧潭中,一点猩红,万点猩红。

（一九八二年八月,庐山）

洞仙歌·登含鄱亭

茫茫九派,才可杯中泻。百丈云涛风一霎。看飞来,天外几朵芙蓉,风未稳,渺渺浮波上下。　神游追往古：陶谢情怀,何似青莲意潇洒。笑身在此山中,岭纵峰横,问真面,沉吟苏大[①]。邀千载诗朋可同来？看今日人间,早秋如画。

（一九八二年八月,庐山）

【注】
① 以上指陶潜、谢灵运、李白、苏轼。

咏鸟 三首

天 鹅

弱柳垂丝拂绿波,一泓浅水宿天鹅。
何须更展冲天翼;天上鱼虾有几多!

老 鹰

端坐全无喙爪烦,羊脂兔脯足三餐。
一从迁入笼中住,久忘风云自在天。

仙 鹤

振雪含丹意态高,如云观众仰风标。
谁知清唳人前罢,也为争鱼啄断毛。

(一九八二年十月)

减字木兰花 二首·感旧

十月一日，一民偕夫人邓澍，广训携女儿小慧，话旧寒斋，小饮畅甚。三日晚，复聚于一民画室，饮酣作画，宛如三十八年前于玄龛师希声草堂学画时也。玄师墓木已拱，故友星散，相与悲叹久之。

（一）

灯窗犹昨，三十八年弹指过。紫蟹黄鸡，休禁重逢醉似泥。　　生涯莫问，回首故交星散尽。一笑华颠，犹是拿云三少年。

（二）

佯狂遁世，丹青不知老将至。此恨谁知？天地难容一画师！　　年年草树，不绿先生坟上土。若见阳春，千尺乔松定拂云。

（一九八二年十月）

[附记] 陈汝翼先生，字小溪，号玄龛，河北定县人。工绘画、书法、篆刻、诗文，是我的一位启蒙的好老师。新中国成立前，在学校里宣传进步思想，忤当道者，被解聘，穷愁潦倒。有诗词集《玄龛诗稿》和讽刺诗集《入木三分集》，惜未印行。

水龙吟·海上日出

海天极目苍茫,一痕划破胭脂染。凌波微步,青罗振袖,乱花飞片。跃出团光,珊瑚溶滴,黄金腾焰。忽悬珠如斗,洪涛涌起,听隐约,天鸡唤。　　身逐白云飞去,饮流霞,尽澄肝胆。百年忘老,千觞忘醉,浩歌忘倦。愿岁皆春,愿时不夜,愿人无叹。定此番不负心期,精禽舞,真千万!

（一九八二年十月,烟台）

秋波媚·想霄霄

灯前独坐想霄霄[①],一朵小花娇。向人憨笑,扑怀索抱,小手轻招。　　明年应已过膝高,留下怎能饶?海滨随我,披沙拾贝,赤脚追潮。

（一九八二年十月,烟台）

【注】
① 我的小孙女,才八个月。

鹧鸪天·寄阿龄

记否乘桴我与君,冲涛一叶百鲸吞[①]。避风龙口愁红烛,消夏烟台脍锦鳞。　　怀往事,怅烟云。半生甘苦海同深。青天纵老当年月,更爱姐娥鬓似银。

（一九八二年十月,烟台）

【注】
① 一九五三年同游烟台,自天津取海道,中途遇暴风。

海上大风雨

天飞豪雨催佳句,风送奔涛入酒樽。
疑有青鲸来座侧,前身应是谪仙人。

（一九八二年十月,烟台）

望海潮·登蓬莱阁

　　风挟两腋，丹崖直上，兴来高阁凭栏。远岛浮痕，飞鸥舞雪，茫茫大海蓝天。何处望仙山？怅鱼龙懒困，云水荒寒。欲责天公，夫何薄我厚苏髯①？　　这回须不由天。待人间绳墨，裁剪云烟。玉砌楼台，金围城郭，往来飞驶游船。妙想岂徒然？遍神州焕采，小筑非艰。谁道珠宫贝阙，只许住神仙！

（一九八二年十月，蓬莱）

【注】

① 苏轼来登州，自言祷于海神，即见海市，作《海市》诗。我来深憾未见海市。但我想，建一个海市公园，世人共赏，应该不是遥远的事吧。

小重山·咏雀

晓起步景山，丛竹中有麻雀欢闹，戏作。

　　一痕弦月褪光时，萧萧风动竹，雀溜枝。相亲相近舞参差，无人处，真态自娇痴。　　雀言竹外有人知，那边偷眼看，捋疏髭。快将丛叶障身姿，捉得去，一准入新诗。

（一九八二年十一月）

过南京感旧 二首

一九七一年冬在凤阳干校期间,曾携妻儿到南京作一日游。归时到临淮已日暮,儿辈返凤阳城,我和阿龄无车可乘,只好夜奔三十里,抵校已夜半。茅舍寒甚,泥炉无火,燃旧书报温开水半杯,共饮取暖。今日思之,犹哭笑不得。

(一)

犹记悲歌唱莫愁,将雏挈妇客中游。
已拼岁月随江水,强对杯盘坐酒楼。
老觉人生兼五味,神来片语足千秋。
秦淮若见当年月,休为蹉跎笑白头。

(二)

黄昏才抵临淮镇,返校仓皇卅里行。
近怯丛林黑魆魆,远疑狼眼绿荧荧。
两间只有月相照,万籁惟余心悸声。
不顾燃须吹灶火,半杯开水慰羁情。

(一九八二年十一月,途中)

水调歌头·雨中望太湖

不解愁滋味,性本爱游观。人生到处何似?浩浩水云宽。曾泛城陵渡口,更瞰鄱阳如镜,来步太湖边。都在忙中走,偶学一鸥闲。　　零星雨,依稀树,有无山。淋漓米家醉墨,一色但苍烟。欲遣红橙黄绿,染就波光五色,锦绣卷长天。自笑非非想,最好是天然。

(一九八二年十一月,苏州)

晓行 六首

每天早上散步,就哼一两首小诗,积累渐多,选其中好些的编为一组。

(一)

未必雪心悭,可能云羞涩。
点点面生凉,微微细花落。

(二)

星似鬼眼青,月作团冰瘦。
大风振林涛,飕飕干叶走。

(三)

袅袅雨丝凉,啾啾鸟声脆。
微微草色青,浅浅春滋味。

(四)

灼灼黄金弦,万线张天地。
清风振无声,大音原阒寂。

(五)

晓风如淡酒,晓韵似清钟。
我愿日不午,长在晓行中。

(六)

知海应无际,生花只偶存。
不辞路修远,长作晓行人。

(一九八三年二月至四月)

念奴娇·访舣舟亭

亭为东坡泊舟处。东坡十过常州,客死于此。

舣舟亭畔,问青青,可似当年柳色?十度匆匆南北去,踪迹偶然鸿雪。文狱吹毛,党争销骨,归棹风波恶。芙蓉罨画,求田岂为丘壑①! 公方浮白酣歌,高寒驰想,笑问青天月。满眼江山如画里,一苇秋风赤壁。竹杖芒鞋,徐行吟啸,晴雨无忧乐。为公捧砚②,神游倘接吟席。

(一九八三年四月,常州)

【注】
① 公晚年奉诏归,却不欲返京师,思于阳羡买田安度晚年。所谓"山秀芙蓉,溪明罨画",是表面的意思,其深意未易言也。
② 亭畔有东坡洗砚池。

减字木兰花·午睡醒来即景

小窗睡起,瓜嚼水晶凉沏齿。风动生寒,十丈桐荫绿障天。 诗情正好,信手拈来寻却渺。物我无猜,黄蝶依人入座来。

(一九八三年八月,洛阳)

八声甘州·夜过黄河

看奔云走月众星摇,洪流倒长天。莽大风忽起,鱼龙腾踔,滚滚飞湍。一线中分南北,千里起苍烟。独鸟盘空去,高影生寒。　　江海遨游未倦,问滔滔秋水,今夕何年?欲倒倾银汉,一为洗尘颜。待澄清,波心数鲤;更分流,荒漠灌椒兰。斯未远,梦东驰万马,蹴浪如山。

(一九八三年八月,途中)

伴潮吟　四首

听鹂(一)

早凉拂面雨丝丝,万绿荫中独步时。
若有所思时小立,无人知我是听鹂。

听鹂(二)

斧凿诗成不自然,从君今始悟真诠。
愿为一鸟投林去,烧尽平生呕血篇。

采野花

俏如檀口偎长笛，朗似晨星耀海天。
欲访仙姿无姓字，群芳谱外野塘边。

逢老战友

举止犹存壮岁豪，相惊如雪发萧骚。
回头三十年间事，握手无言听起潮。

（一九八三年八月）

定风波·咏凌霄花

百尺楼头倚晚晴，半窗密叶绕青藤。斜卧柔条如酒醉，贪睡，风来摇动蓦然惊。　　却向砚池铺浅绿，不去，凝眸听我咏诗声。忽见枝头花似火，似我，心怀炽热爱人生。

（一九八三年八月，北戴河）

水调歌头·游泳

洛女凌波步,列子御风行。我于二子何若?小醉卧东溟。借取沧波千尺,绝似锦茵柔滑,渺渺击空明。身亦一鱼耳,鳞介莫相惊。　　访三山,浮四海,跨长鲸。拍肩大笑唤若,古梦早应醒。欲遣天吴移海,遍洒大寰南北,燥湿令均平。众鸟低飞近,欢舞听吟声。

(一九八三年八月,北戴河)

题画 四首

题画梅

江湖冰合雪霏霏,预示春光有阿谁?
自爱置身桃李外,非关众女妒蛾眉。

题江头兀坐图

棱棱山骨入清虚,渺渺秋风木叶疏。
漫道濒江懒垂钓,菜根自饱不须鱼。

题赤壁图

高情谁与月徘徊？赤壁江声空自哀。
不画扁舟知有意，东坡去后未曾来。

题山林风雨图

毫素沉酣记少时，老来重染虎头痴。
烟云何处曾相识，略似庐山遇雨时。

（一九八四年二月至三月）

赠张志民同志

少时含泪读王九①，已见诗人如火肠。
应恨白头相识晚，同年同道又同乡。

（一九八四年四月）

【注】
① 指张志民长诗《王九诉苦》。

论 文

若谓文无法，矩矱甚分明。
暗中自摸索，何如步随灯？
若谓文有法，制胜须奇兵。
循法作文章，老死只平平。
习法要认真，潜心探微精。
待到命笔时，舍法任神行。
谓神者为何？妙想与激情。
聆彼春鸟鸣，无谱自嘤嘤。

（一九八四年六月）

赠王洛宾老友

曾谱卢沟水[①]，长思"遥远"歌[②]。
年华归误会[③]，君子意如何！
雨沃龙沙绿，风惊鬓发皤。
弦声满天下，众爱报君多[④]。

（一九八四年七月）

【注】

① 二十世纪五十年代与王君同事。我写小歌剧《卢沟桥水哗啦啦流》，王君为谱曲。

② 王君从事民族音乐的整理和创作，影响极大。新疆民歌《在那遥远的地方》等，就是他整理的。

③ 王君蒙冤二十多年，今始得平反。

④ 王君创作的歌曲，今广泛流传。

念奴娇·戏题紫竹院问月楼

楼名问月,月当头,笑问问侬何事?昔日谪仙曾相问,待答值他酣醉。坡老乘风,欲来相访,却为寒生怯。青天碧海,逢君何幸今夕! 清宵恰好谈心,邀君小酌,坐桂花如雪。正议迎宾兴大厦,万幢环山楼阁。才薄如君,也堪小用,诗画劳挥笔。人间天上,明朝多少游客。

(一九八四年九月)

浣溪沙 五首

过黄河

浪斗风樯日影寒,烟迷洲渚望无边,鱼龙摇脊欲磨天。 一颂情深犹沸血[①],鸿猷虑远更掀髯,黄云万里看雕盘。

登新建黄鹤楼

如画澄江多好怀,龟蛇又见起楼台,一声玉笛万花开。 有恋白云留不去,多情黄鹤自飞来,何曾崔颢擅诗才?

杉湖步月

高竹平桥步月明，清光溶水似蓝晶，夜深时有跳鱼声。　　巨厦霓虹抛彩练，高楼灯火乱天星，醉人秋色未凄清。

登伏波山

仄径萦回挂翠崖，危亭路转见檐牙，山深人语起惊鸦。　　石壁悬藤吹绿雨，江鱼出网跃银花，岚光四合夕阳斜。

览古石刻

陆范高风万古垂，颜公大字壮思飞，剥苔扪石久徘徊。　　急水欲留终逝去，崇山无意自崔嵬，君看元祐党人碑[2]。

（一九八四年十一月，桂林）

【注】

① 指《黄河大合唱》中的《黄河颂》。

② 陆游、范成大均有手迹刻石，颜鲁公有大书"逍遥楼"三字。又有元祐党籍碑，蔡京所书，欧阳修、苏轼诸贤之名赫然在焉。

八声甘州·自桂林赴阳朔舟中

看群峰，缥缈似飞来，高寒列峥嵘。想银河曾决，怒涛直泻，遽尔凝冰。散作一江浓绿，水底倒天青。一色天山水，万象空明。　　更喜江鱼堪脍，向舷窗举酒，我告山灵：只匆匆来去，无以报多情。得新诗即吟相赠，有两三佳句似君清。闻大笑，道阅诗多矣，都令人憎。

（一九八四年十一月，桂林）

汉宫春·题芦笛岩钟乳石

芦笛岩钟乳石，千姿百态，导游者云如某如某，颇觉蛇足，戏作。

探胜幽岩，问洞中物象，意态奚如？或谓如狮如象，如鸟如鱼。如云如浪，如飞泉溅玉跳珠。如仙女凌空虚步，飘飘彩袖徐舒。　　我谓全都不似，是女娲娇小，白雪肌肤。炼石晶莹五色，才熄烘炉。一时儿戏，初不料，上补清虚。剩些许，怕仍飞去，陶然醉以芳醑。

（一九八四年十一月，桂林）

青岛述怀

襟头尚染漓江雨,耳畔旋闻黄海涛。
迹似飞鸿常促促,心如嘶马尚萧萧。
兽云磨翼惊高燕,雪沫喷花看起潮。
莫道成翁百无用,骑鲸犹足作诗豪。

(一九八四年十一月,青岛)

临江仙·感旧

我一九六四年曾来青岛,距今已二十年了。那次同来的有李光家同志,中间,吴伯箫同志也从上海来到,盘桓数日。今二君已作古,我也渐入老境,感慨系之,赋此。

往事惊心来未卜,也应难问三山。黄花老去尚禁寒,徐徐香入袖,淡淡梦如烟。　碧树红楼还似昨,重来我已华颠。夕阳无语独凭栏,仰看云燕舞,滚滚浪春天。

(一九八四年十一月,青岛)

西江月·晓望

垂墨云头压浪,浮青天际横山。迷离灯火望归船,溶入晨星点点。　　双影徐行低语,一翁兀坐投竿。惊鸥飞去又飞还,雪翅向人一闪。

(一九八四年十一月,青岛)

生查子·日午滩头亭子上小睡

海似酒醇香,逗我滩头睡。颇怪往来人,观海不知味。　　千里不兴波,疑是长鲸醉。欲唤海鸥回,恐拍玻璃碎。

(一九八四年十一月,青岛)

登岱 三首

(一)

玉皇顶上有无字碑，传为始皇所留。旁有张铨题诗曰："携来五色如椽笔，来补秦皇无字碑。"读之怅然。

不为秦皇旧事悲，萧骚白发久低徊。
携来纵有如椽笔，难补十年无字碑。

(二)

泰山碧霞祠香火甚盛。见舍身崖上，刻有"哀愚"两个大字，恻然有作。

施钞满把佛前花，香火氤氲起碧霞。
欲挽天河洗愚昧，人间铲尽舍身崖。

(三)

吴伯箫同志数十年来郁郁不得志，才见春阳，遽尔殂谢。骨灰即洒在泰山，登山不异访故人也。

松柏昂藏七尺身，冰泉幽咽想清吟。
访君莫道难相见，万壑千崖都是君。

(一九八四年十二月，泰安)

沁园春·登泰山极顶

自中天门乘缆车登玉皇顶，四望苍山万叠，尽伏脚底。

叱咤鞭虬，玉軨高驰，岱顶登临。览万尖脚底，山如蚁垤；一泓天外，海似蹄涔。左拍崖肩，右携松手①，帝醉酣歌差可闻。曷归去，向飞星探问，高处寒温。　　齐烟九点氤氲，算合向人间著此身。尚波清未澈，长河要浚；花香待遍，大野须耘。拔海三千②，盘肠十八，险步登高证古今。划然啸，觉天风吹鬓，落雪缤纷。

（一九八四年十二月，泰安）

【注】
① 洪崖、赤松，神仙名。
② 泰山海拔1500米，这里非实有数。

答李汝伦同志

送汝伦兄南返，顷接来书，以诗代柬，押韵甚险。勉强步韵为答。

论文思白也，有闷子知乎？
诗律难当饭，荆榛岂尽诛。
种瓜犹得豆，养性入灵区①。
粤海涛声朗，燕山觉未孤。

（一九八四年十二月）

【注】
① 汝伦有《性灵草》《种瓜得豆集》。

中州杂兴 二首

题少林寺达摩洞

面壁十年吁可哀，何曾寂处有惊雷？
觅诗愿乞十年假，天下名山信步来。

题二将军柏①

参天黛色本无伦，老去犹堪十亩荫。
千古行人仰奇杰，何须封作大将军。

（一九八五年四月，郑州）

【注】

① 嵩阳书院中有两棵汉柏。传汉武帝封小者为大将军，大者却为二将军。世之不平，自古而然。造这个故事的可能是个寓言家。但，大者自大，虽二不能小之。

临江仙·题三游洞

洞在西陵峡口，唐白居易、白行简、元稹曾游，宋欧阳修、苏轼、黄庭坚又曾游，陆游《入蜀记》中有记述。

入蜀放翁曾有记，我来更续游踪。横云一线大江清。万山高束峡，千厦峭拥城。　　难接数公千载上，摩挲藓壁题名。登临应异古人情：江山如画里，指点葛洲青①。

（一九八五年六月，宜昌）

【注】

① 葛洲坝。

减字木兰花·宿黄石海观山宾馆挹江楼

危楼陡起,人伴一灯星汉里。高枕洪涛,一夜江声似海潮。 此身何处?疑是随波千里去。晓看遥天,依旧一痕西塞山。

（一九八五年六月,黄石）

念奴娇·访东坡赤壁,用东坡韵

平生豪气,合阅尽,世上无边风物。一苇横江开望眼,笑看东坡赤壁。明月长新,青山难老,万古涛如雪。金戈鲈酒,江山代有英杰。 来日更放扁舟,映波千树,报当春花发。巨厦摩天如束峡,高下霓虹明灭。杯许重添,生当再少,还我青青发。铜琶铁板,浩歌惊起星月。

（一九八五年六月,鄂州）

访李清照纪念馆

天于季世未全憎,犹放孤鸿忍死鸣。
锦帙飞灰金石录,梧桐细雨楚骚情。
藕花谢尽悲秋老,环佩归来踏月明。
笑倚丛篁听漱玉,家家泉水弄新声。

(一九八五年八月,济南)

访辛弃疾纪念馆

乔木长莎绿满庭,大明湖畔谒先生。
叩阍难试平戎策,落笔犹酣金鼓声。
自有龙川堪伯仲,何曾玉局是良朋[①]?
重来今日扬州路,芳草连云啼晓莺。

(一九八五年八月,济南)

【注】
① 世称苏辛,其实二公词风虽近似,思想感情绝不相类。

临江仙·台风

闷居斗室数日,写些讽刺文字,自顾失笑。

　　有限人生无限事,要闲那得功夫?偶然小住海东隅。何曾闲得住,闭户谢天吴。　　笔不生花偏着棘,可能刺痛耶胡①?两间未必一翁孤。狂飙为击节,百丈碎珊瑚。

(一九八五年八月,青岛)

【注】

① "耶胡",见《格列佛游记》(*GulliverTravels*)。以"耶胡"的劣性概括整个的人性是不对的,但人群中确有少数"耶胡"存在。

临江仙·访鸿门宴遗址

　　龙战玄黄成往迹,空余古堡鸿门①。壮哉快剑斫生豚。千钧悬玉玦,一骑没惊尘。　　才是重阳新雨后,黄花笑向游人。千年陵谷到而今,秋阳辉大野,霜木绘山村。

(一九八五年十月,西安)

【注】

① 遗址在鸿门堡。

贺新郎·秦陵兵马俑

身共鲍鱼腐。尚难忘金锥博浪,车中觳觫。机弩深藏银海阔,更着千军环护。看陶尽九州黄土。想见抟沙成百妙,惨千痕背血伤鞭扑。更闭死,馀骸骨。　　破山跃出皆熊虎。恍如闻铁衣磨戛,马嘶人语。黑发惊呼黄发叹,观者万邦云聚。笑谁信天公作主。长欲雷鸣偏息响,听宏声却在无声处。指清渭,长流去。

(一九八五年十月,西安)

自　嘲

岂有闲愁叹鬓华?余年不悔逐无涯。
一铃自语驼行漠,万里寻真牛负车。
刺世枪头原是镢,厌人钩棘本非花。
何须解到濠梁趣,为乞扶摇庄惠家。

(一九八五年十月)

扬州慢·重游扬州

红约轻寒，绿肥新雨，春风十里扬州。望垂杨广陌，远近叠岑楼。三十一年犹记，荒街老屋，乍息戈矛。任新栽，翠柳秾桃，笑我白头。　　参军赋罢，问芜城，几度生愁？夜雪楼船，西门刁斗①，清泪难收。谁谱广陵新曲，喜寻常，巷陌歌讴。二十四桥明月，团圞更觉风流。

（一九八六年四月，扬州）

【注】
① 明史载，清军围扬州时，"西门险要，可法自守之"。

卜算子·瓜州渡漫想

古岸抚垂杨，渺渺思今古。锦缆成灰帝业墟，输与千艘渡。　　昔凿运河长，今引江波绿①。九域龙飞会有时，十亿人人禹。

（一九八六年四月，扬州）

【注】
① 正在进行的南水北调的巨大工程以此为起点。

谒史可法祠

板荡中原叹路穷，一城如铁柱天穹。
乞怜群小生全蚁，取义督师气吐虹。
涧雪压多松偃蹇，崖泉滴久石玲珑①。
梅花岭上梅千树，烈烈寒香起劲风。

（一九八六年四月，扬州）

【注】
① 这一联是史公书写的联语，现陈列在展览室，作大草，龙跳虎卧，书格极高。联语富哲理，我十分爱惜，即嵌入诗中。

鹊桥仙·访吴县灵岩

倚天灵石，想君曾见，当日绮罗麋鹿。霸图吴越两成空，剩一发青山无语。　　半坡芳草，一溪春水，不共采香人去。隔花依约卖花声，道红药才经宿雨。

（一九八六年四月，苏州）

南游杂兴 五首

吊石涛

千古清湘画格高，笔如风雨墨如潮。
如何淮左风流地，抔土不容葬石涛①。

赴苏州道上

暖日溶烟细雨斜，春风百里送征车。
此身化蝶不须梦，飞过桃花又菜花。

苏州街头即景

家家枕水绿杨荫，石路桥横仄巷深。
一点猩红衫子影，隔花知是浣衣人。

过唐寅墓

毫素能移造化真，风流处处说唐寅。
憾无鸡酒供歆享，手拈桃花过墓门。

过石湖

细雨清风过石湖，当春诗意问何如？
拈髭更咏田家兴，举目三吴尽画图。

(一九八六年四月,旅途中)

【注】
① 平山堂前有石涛墓,"文革"中被毁,至今未修复。

虎跑饮茶,同微子诸友

晓来相伴入山深,古木幽篁远市尘。
风景四围徐展画,泉声一路缓鸣琴。
杯澄浅绿看茶色,雨散微香坐桂荫。
难得纵谈无羁束,自由舒卷似闲云。

(一九八六年六月,杭州)

翠楼吟·咏红莲

绿水桥边,青萍波外,那年相见犹记。和烟映月处,看袅袅、风裳露佩。无猜但解,含笑盈盈,向人凝睇。都忘却,旧时思念,茫茫如水。　　几番冷露凋红,过哀乐纷纷,待寻无迹。重来霜侵鬓,剩酒侧,未消英气。是甚情味?看簇雪涛头,片帆天际。人去后,关情又是,西风乍起。

(一九八六年七月,北戴河)

瞻仰闻一多先生塑像

像在昆明云南师院（西南联大故址）院内。像前有草坪，杂花绕之。

劲风抖擞尚掀襟，壮语激昂如可闻。
拍案雷霆惊大夜，横眉肝胆薄高云。
深情更欲吟红烛，静夜应来步绿茵。
莫道先生归未得，诗声轻叩万家门。

（一九八六年八月，昆明）

谒聂耳墓

萧萧铁骑向风鸣，艺苑当年耀巨星。
钩棘弥天歌大路，鲸波沉陆唱长城。
欣逢火凤腾云舞，惜鲜惊雷撼世声。
小仵松荫尚倾耳，可怜时调不堪听。

（一九八六年八月，昆明）

杏石村 三首

夜 思

客枕秋山夜,孤窗杏石村。
淡云虚近梦,凉月默倚人。
历劫仍耽笑,雕虫敢讳真!
也知生似幻,犹炽老来心。

野 趣

市远尘嚣寂,山深草木荒。
野花随手采,酸枣逗人尝。
蝶老仍寻梦,蚕婚自尔忙。
原来人迹外,别有乐生乡。

山 游

佳境随山转,闲云伴我行。
秋崖明日色,禅院冷松声。
爱静宜听鸟,清心合伴僧。
会当来借榻,狂草写平生。

(一九八六年九月)

飞机上 二首

(一)

闭关百忌成僵石,开放千门纳好风。
未见多枝愁宿鸟,更无巨浸滞腾龙。
吾将上下而求索,岂碍东西有异同?
青似海涛白似雪,飞身云外瞰云峰。

(二)

奇绝真当冠此生,重洋万里渡高鹏。
蓬山列炬茫无影,织女投梭近有声。
西暮东晨人异地,青天碧海月同明。
百年世事悲何极,愿挽银河永洗兵①。

(一九八七年五月,访美途中)

【注】
① 杜甫诗:"安得壮士挽天河,净洗甲兵长不用。"

八声甘州·深夜抵华盛顿，仰见弦月如眉

算人间，明月最多情，去国尚相随。跨云衢九万，举头却见，含笑如眉。车过杜鹃十里，花影拂行衣。缥缈看楼宇，良夜何其？　　欲计寰区几许？才三分禾黍，两烛娥曦。甚千秋蛮触，风雨晦鸣鸡？信悠悠，东西来去；问何时，万族共清辉？窥窗道："且祝来日，举夜光杯。"

（一九八七年五月，华盛顿）

减字木兰花·感赋

于华盛顿佛利尔美术馆中国馆得见晋王献之《保母砖》宋拓本。

《中秋》遗墨[1]，美并《兰亭》垂楷则[2]。护惜何人？百岁兴亡迭战尘！　　龙章如月，俊笔留题记松雪[3]。暂驻飞鸾，域外来看《保母砖》。

（一九八七年五月，华盛顿）

【注】

① 《中秋帖》是王献之传世的惟一墨迹，有人认为是米芾临摹的。

② 《保母砖》出土于南宋。姜白石极为称赞，认为可与王羲之的《兰亭序》媲美，但后来有人认为是伪造的。

③ 《保母砖》早已破碎失存。宋拓传世的仅存二本。此本系清宫藏本，有赵松雪、郭天锡等人题跋，及乾隆题字和玺记。

永遇乐·芝加哥密执根湖畔

远浪粘天，平沙卧柳，云淡风缓。燕子飞来，野花落去，春色无拘管。倚肩笑语，雪肤金发，浅草长堤绿染。苦连朝，崇楼邃宇，伸腰小作舒展。　　云帆雨棹，平生心眼，风物似曾相见。马迹寒涛，城陵秋水，残照滇池畔①。形容匪异，旧盟鱼鸟，犹似殷勤相伴。蓦然惊，晨昏易位，大寰已隔一半。

（一九八七年五月，芝加哥）

【注】

① 马迹山在太湖中，城陵矶在长江流向洞庭湖入口处，并云南滇池都是我曾游览的地方。

采桑子·奥斯汀街头小景

南州漫道炎如火，树覆浓荫，草展芳茵，广陌飞车无点尘。　　如丝细雨街头立，灯乱黄昏，风惹轻裙，小市鲜花笑向人。

（一九八七年五月，奥斯汀）

口 占

于华盛顿和旧金山美国友人家中,都见到我曾书赠的唐诗条幅。主人悬之素壁,十分珍惜。

劝客琼浆倾玉壶,唐诗问我译何如?
不期万里尧封外,半壁龙蛇见手书!

(一九八七年五月,旧金山)

贺老伴儿生日

梦断孤窗夜,春寒巨厦风。
重洋一片月,为照景山东。

(一九八七年五月,旧金山)

见华人乞者

兀坐残阳理旧琴[①],伶仃瘦影对空盆。
阳关一曲无人会,渐暗金山如火云。

(一九八七年五月,旧金山)

【注】
① 乞人在拉二胡,于旧金山街头为罕见。

金门大桥感事

适逢旧金山庆祝金门大桥建桥五十周年，乘游艇穿行桥下，万感交集。

帆翔鸥舞望连云，远客神伤异国春。
五十年间多少事，寒潮如雪过金门。

（一九八七年五月，旧金山）

扬州慢·檀香山

鱼幻情歌，云深夏梦，椰林绿障娃湖①。星槎暂歇，海上访名都。一色连云雪壁，列楼台，掩映街衢。向黄昏，火炬银灯②，锦贝珊瑚。　　长滩十里，涌层潮，蹴雪跳珠。看游艇追云，飞舢冲浪，处处欢愉。虽美信非吾土，怅独立，搔首踟蹰。念停云止水，岂宜长映吾庐？

（一九八七年五月，檀香山）

【注】
① 娃湖岛是夏威夷群岛之一，火奴噜噜（檀香山）市所在地。通常译作"瓦湖"，我宁译作"娃湖"。
② 俱乐部、餐馆门前，夜晚多燃火炬。

赠白鸽

有白鸽止于旅馆阳台上,怡然不避人。投以饼饵,徐步入室。诗以赠之。

雪翼飞来迎远客,无言相对转相亲。
一如老屋檐头见,莫道天涯无故人!

(一九八七年五月,檀香山)

参观珍珠港事件纪念馆

馆在珍珠港水面上,建筑物与当年被击沉的一艘巨舰十字交叉,舰体在水下,烟囱露出水面,触目惊心。馆壁刻有数千名死难官兵的姓名。

国殇历历记英名,巨舰沉波触目惊。
回首故乡千劫在,岂宜唯解拜方兄!

(一九八七年五月,檀香山)

游 泳

Waikiki 海滩是世界著名的游泳胜地。与泽鹏兄来此畅游。

东游未觉蓬山远,更远蓬山一万重。
纵有飞仙应羡我,太平洋上拍雄风。

(一九八七年五月,檀香山)

金缕曲·得新疆短刀

七宝莹然射。乍抽刀,横空秋水,冷光出匣。陡觉周天寒彻骨,乱落飞光如洒。料不用,洪炉欧冶。浩浩天山万古雪,坠人间,一片冰龙甲。听夜吼,风雷咤。　　拂帘落溷谁知者[①]?定前身柴车元叔,狂生德也[②]。弃剑学书偶然耳,赢得鬓丝衰飒。驱万字狂来倚马。漫道文章干世运,谓投枪,自笑枪头镴。百无用,书生话。

(一九八七年八月)

【注】
① 用《南史》引范缜语。
② 元叔,东汉赵壹字,有《刺世疾邪赋》。狂生德也:纳兰性德有"德也狂生耳"句。

绝句 二首

中秋之夕,王洛宾老友自新疆来访。王唱西江月古曲,共饮枸杞酒,乐甚。

(一)

黄花又有数枝开,烹就鲜鱼设酒杯。
待月书窗苦幽独,恰当月上故人来。

(二)

高歌慷慨遏行云,古调苍凉共赏音。
为送君归踏明月,夜阑酒醉不留君。

(一九八七年十月)

绝句 三首

(一)

访雪窦寺,张学良将军曾软禁于此。

无形缧绁百年身,忍看苍苔卧绿沉!
老去云雕犹铩羽,中原含泪望将军。

(二)

登妙高台，台旧为蒋氏避暑地。

醉眼横秋倚石栏，幽篁风动戛森寒。
百幻苍衣千叠梦，妙高台上望云山。

(三)

过剡溪。

雨后轻寒恰解酲，波光十里晚霞明。
溪从绿树村边过，船在青山影里行。

（一九八七年十一月，宁波）

生查子·晓行记趣

晓月照林荫，明暗交斑驳。我道是月光，伊道是积雪。　　俯以手捧之，伊手如雪白。大笑伊何痴，手中了无物。

（一九八七年十二月）

金缕曲·访灵渠

渠凿于秦始皇三十三年（公元前214年），有南北两渠，连通漓、湘两江，舟楫称便。

疏浚传千古。看漓湘，背流南北，双渠通绿。片石飞来滩分水，万里联翩樯橹。恰十二金人才铸。大业高瞻同书轨，理山川便使蛟龙伏。遗书史，斯人禹。　　祖龙功罪曾重数。颂雄才，良臣秉笔，炎炎累牍。堪叹河渠偏冷落，却向焚坑学步。快一霎好风时雨。赤脚滩头贪浅涉，爱春江毕竟清如许。搔白发，唱金缕。

(一九八八年四月，桂林)

赠贺敬之同志

诗到延安豪兴多，新妆神女唱黄河。
万山草树千江水，待向今朝听放歌。

(一九八八年四月，桂林)

赠晏明同志

澄练绮霞胜昔时，风船月履信神驰。
老来益纵生花笔，如画江山如画诗。

（一九八八年四月，桂林）

题败德碑

灵渠畔有败德碑一座，上刻："浮加赋税，冒功累民，新安知事吴德慎之纪念碑。1916年阖邑公立。"

不复国风美刺遗，谀金谀势总相宜。
君看败德刊金石，今古人间有几碑？

（一九八八年四月，桂林）

黄河赞·为开封翰园碑林作。

伟哉黄河，中华之魂。
塞通溟渤，壮夺昆仑。
疏凿有禹，襁褓斯民。
摧頮跑折，奋抗跃伸。
风樯电驶，草树扬芬。
岂因暂蹶，辄屯骥奔？
雷惊九域，浪涌千春。
望而可及，清涟锦鳞。
矫矫飞龙，跻月乘云。

（一九八八年六月）

凄凉犯·感旧

中秋之夕，步月景山。

又逢良夜清如许，策策叶声随步。浅汉流云，疏花弄影，悄风吹绿。玉轮斜度，才转过碧山高处。听潇潇，乱洒清光，疑是松梢雨。　　果饼供神兔。梦依稀，儿时情趣。偎娘笑语，湿单衣，满庭风露。鬓雪萧骚，问何用，蛩吟自苦！向玉宇琼楼飞去，禁寒否？

（一九八八年十月）

秋 征

树色青黄叠浅深，山容隐约乍晴阴。
盈畴黍稷纷垂实，挟雨云烟半掩村。
天忌刍荛忧世务，笔多棘刺累诗人。
秋心自笑难平淡，乱耳寒蛩不忍闻。

（一九八八年十一月，赴遵化途中）

偶 感

未许天公断此生，自甘落寞守书城。
眼昏忽幻月生角，心冷真疑海欲冰。
才薄宜遭天地弃，吟微谬惹鬼神憎。
从今探问青云路，五噫何如赋两京！

（一九八八年十一月）

踏莎行·登武夷山天游峰

老鹤疑仙,飞云掠鬓,悬阶藓石攀千仞。天风渺渺拂秋花,镜中点点残红印①。　　万窍争号,大钧斯运,茫茫蚁路看无尽。举头咫尺即青天,青天纵近天难问!

（一九八八年十一月,武夷山）

【注】
① 峰下有潭,传仙女用以为镜。

书所见

重阳,自龙虎山放筏芦溪河三十里至鹰潭,书途中所见。

奇绝芦溪半日游,一瓶冷饮坐筏头。
浅滩垂手拾鸭蛋,乌角浮波看水牛。
雪浪扑来鱼啮足,古仙飞去壁嵌舟。
秋风一任吹霜鬓,无帽原无落帽忧。

（一九八八年十一月,途中）

水龙吟·铅山县谒辛弃疾塑像

悠悠千载停云,低回只在鹅湖路。锦襜突骑,空山岁晚,梦中风雨。揾泪狂歌,词源倒峡,岂公所欲?向山中检点,长松十万,漫自道,渊明侣。　　恰似沉思独步。倚芙蓉,半襟风露[①]。朝来爽气,青山照眼,妩媚如许!欲诵公词,琼瑶句好,公曰且住。仰林梢,众鸟欢歌,听新创,龙吟曲[②]。

(一九八八年十一月,铅山)

【注】
① 像前木芙蓉盛开。
② 辛词《水龙吟》较多,亦多佳制。

水调歌头·又渡黄河

河伯欣然喜,执手道平安。新添白发几许?才只别经年。一篑为山已可,岂必望洋向若,同囿井中天。莫蹈吕梁水,闲处好投竿。　　谢殷勤,知迫促,解艰难。我生恰似河水,不息日溅溅。路漫漫其修远,宁怯山深日晚,鼓棹欲穷源。挥手别河去,回首浪如烟。

(一九八八年十二月,途中)

冬 怀

为偿文债漫翻书,冷砚深窗度岁余。
已分生涯随燕雀,何妨诗卷付虫鱼。
时呈梦象云多趣,常共心谈月未孤。
一事衰年堪自慰,未因忧患损廉隅。

（一九八九年一月）

夜宿唐山

犹疑风动欲颓山,黠鼠惊猜喵未安。
堕狱残魂悲入梦,不仁天地竟何言！
春埋旧土三千劫,燕筑新巢十二年。
看取多情明月在,重临万户照团圆。

（一九八九年三月，唐山）

论 诗

在诗歌座谈会上的发言。

千秋哀乐警诗心,万卷尘痕杂泪痕。
欲向青冥张梦翼,还须黄土植深根。
天容海色消残翳,美雨欧风酿早春。
不薄新潮来域外,冰丝五色绣灵均。

(一九八九年四月)

漫 兴

老去生涯付漫游,衔杯处处惹清愁。
伤春几树花飘雨,吹笛谁家月满楼。
忧世难移蒲藿性,著书耻为稻粱谋。
流莺舞燕纷纷在,草短沙寒足白鸥。

(一九八九年五月,途中)

猛洞河纪游 二首

(一)

雾隐苍崖乍有无,春云漠漠雨疏疏。
轻红湛绿桃花水,一棹乌篷卖鳜鱼。

(二)

古渡依山石径斜,高低楼舍点疏花。
黄昏灯火芙蓉镇,雪米清羹小庆家。

(一九八九年五月,大庸)

长 沙

春归一任柳吹绵,市闹江城噪管弦。
长岛不闻人颂橘,高云徒拥岳横天。
幽岩堪叹荛兰芷,碧树真惊老风鸢。
举目苍茫何处问,寒湘无语浪横烟。

(一九八九年五月,长沙)

无 题

宿天津市津宾馆,夜雨打窗,落花如雪,感赋。

心香曾自祝花朝,往事如烟入梦遥。
老眼苍茫看大地,几番风雨更能消!

(一九八九年五月,天津)

感 春

花须柳眼竞纷纷,待欲寻春何处春!
风雨鹃声腾谠议,金银夜气属朱门。
重重钩棘荒原足,荡荡青天寸草心。
日月惊鸿向朱夏①,落红成阵绿成荫。

(一九八九年六月)

【注】

① 山谷有诗曰:"日月如惊鸿,归燕不及社。清明气妍暖,亹亹向朱夏。"

眉妩·咏眉子砚

近得眉子砚,甚爱之。《苕溪渔隐丛话》谓眉子为龙尾之佳者。《砚笺》更别眉子石为十种。东坡有《眉子石砚歌》。

渴涵烟点翠、却月横云,虚费画师笔①。粉黛浼颜色,笼素靥,青青自照秋水。何堪众女,妒风华,竞剪兰蕙。怅泽畔,屈子行吟去,绿芜望无际。　　翘首茫茫天地。向一片云根,修影聊寄。混沌谁开凿,料应恨,双痕难掩清媚。浩歌未已,听婵娟申申其詈。看冷月横弦,耿耿向人凝睇。

(一九八九年七月)

【注】
① 《天宝遗事》载明皇命画工作十眉图。

长岛杂兴 四首

（一）

艇近高山岛，岛上无人居，海鸟聚集，岩顶积鸟粪如雪。

乱飞惊去翼，急叫警来舟。
积粪高崖白，悬巢古洞幽。
得鱼应两夺，争偶或相仇。
堪叹尘寰外，劳生战未休。

（二）

屋边小池有荷花，始犹含苞，今已盛开。吟诗其侧，默似谛听。

影动流残月，风来袅绿云。
欲开仍抱露，解笑不因人。
脉脉终无语，依依听醉吟。
相逢海天际，落寞我如君。

(三)

庙岛有天妃庙，天妃为海神娘娘。据方志记载，伊本为民间少女，宋朝人，名林默。

樯橹行摧折，畴能济困危？
倾鬟但一笑，骇浪化涟漪。
海月生虚阁，山花点素衣。
渔家好儿女，底事号天妃？

(四)

访蓬莱。市尘喧杂，毫无仙气。登高远望，为之浩叹。

仙境知何处？蓬莱涨市尘。
人情悲鹬蚌，蜃气幻金银。
翠墨龙蛇古，青铜剑佩尊[①]。
悠悠千载下，怅望一伤神。

(一九八九年八月，长岛)

【注】

① 蓬莱阁上有苏东坡手迹及其他著名手迹石刻。阁前有戚继光铜像。

烛影摇红·咏猴矶岛上野花

也不知名,也无人问凄清否。年年春送好风来,浅浅成新绿。犹记昨宵烟雨,漫洒向断崖幽谷。宽裁碎剪,粉白鹅黄,数丛开处。　　海阔天宽,何曾居处伤幽独。彩云缭绕总相倚,更共繁星语。踏碎半坡晨露。看那人,剑眉戎服。一枝撷取,缀上衣襟,漫哼歌去①。

(一九八九年八月,长岛)

【注】
① 岛上驻有解放军战士。

水调歌头·夜起散步

月色澄澈,可鉴毫发。远望烟海苍茫,颇涉遐想。时农历七月十六日。

千里别君去,海上却相逢。遥天云路澄澈,轻辗玉轮风。洒下清光如水,我自浮沉上下,吹息共鱼龙。楼舍都非旧,万象入朦胧。　　月谓我,游汗漫,曷相从?人间万事尘土,脱屣逐仙踪。我道食须烟火,更恋灯前儿女,性不耐清空。闻月喟然叹,孤影没云中。

(一九八九年八月,长岛)

青玉案·感事

庙岛天妃庙中陈列一副巨锚。甲午战争前夕,定远舰管带刘步蟾来庙中祝祷,将此锚沉于海底,以矢抗日决心。

黑风立海惊沉陆,当年事,堪痛哭。应见艨艟烟灭处:寒涛簸荡,鬼雄悲啸,时有刑天舞。　烂云朗日澄天宇,绮筵轻歌朝复暮。未必此行花满路。巨锚仍在,铁衣斑剥,夜半铿锵语。

(一九八九年八月,长岛)

永遇乐·登太白岩

绝谳登临,秋风落木,飞来天上。列嶂西驰,沧江东去,无尽滔滔浪。云霄羽扇,旌旗金鼓,几番来往。览千秋,江山人物,相辉何限清壮!　彩云白帝,万山过眼,未许猿啼惆怅。身世飘蓬,孤怀揽月,留得惊天唱。红牙争拍,消魂鸳蝶,高咏何人继响?看苍茫天际,断虹零雨,峭帆无恙。

(一九八九年十月,万县)

晓发云阳

晓发云阳，望汤溪口，溪畔为杜甫曾住处。

晓发云阳渡，云烟湿我衣。
江如金带袅，山作凤凰飞①。
水阁摊书卷，风床听子规②。
千秋一洒泪，依棹望汤溪。

（一九八九年十月，云阳）

【注】
① 江畔山名凤凰山。
② 水阁、风床均见杜诗。

巫山镇夜雨

彩云一片降人间，不耐琼楼高处寒。
江峡惊涛因小伫，君王荒梦岂相关？
空蒙烟色萦罗带，滴沥檐声想佩环。
应见茫茫来去影，若教明月照巫山①。

（一九八九年十月，巫山镇）

【注】
① 放翁《入蜀记》说：听神女峰的祝史说，每八月十五月明时，有丝竹之音往来峰顶，山猿皆唱，达旦方渐止。这个传说很美，诗中及之。

小三峡泛舟

冷袖穿幽峡，长篙过乱滩。
沸波疑坼地，绝壁望无天。
绿滴映山雨，金摇挂树猿。
有诗君莫信，佳处未能传。

（一九八九年十月，巫山镇）

八声甘州·登白帝城西台

白帝城西台，传为杜甫吟《登高》诗处。

挟天风，千仞访孤城，清秋上层台。瞰瞿塘峡口，云屯万马，江水西来。烟澹渚青沙白，风急鸟飞回。一霎潇潇雨，落木生哀。　　见说登高老眼，当年曾到此，怅望天涯。揾纵横涕泪，三峡倒吟怀。甚文章，千秋仰止；却生前，潦倒没尘埃？凭栏听，砰訇震响，万壑惊雷。

（一九八九年十月，奉节）

沁园春·居庸关大雪

车至关前,适值大雪。山峦草树,一片皆白,似置身童话世界,肺腑皆冰玉矣。

伫望雄关,鸦噪黄云,雕盘劲风。恰长林琢玉,寒花灿地;连山披甲,素影腾龙。似嗅微香,恍闻清韵,万袖轻盈舞太空。迷茫处,有苍城一角,高压回峰。　　天公定爱诗翁。费裁剪云罗一夜功。借三分春色,试消涠瘁;仍矜淡雅,故吝青红。佳句呼来,珠玑乱落,为谢穷冬报我丰。真化蝶,觉分身千亿,共戏苍穹。

（一九八九年十一月,途中）

减字木兰花·登张家口大境门

飞来晴雪,掠面风头寒似割。暮影昏黄,塞上奔云卷大荒。　　关山形胜,铁马金戈成昨梦。商旅如云,广陌高灯大境门。

（一九八九年十一月,张家口）

赠欧阳中石同志

相逢日下多奇士，夫子清标更不群。
笔阵千军麾羽扇，高歌一曲跃梁尘①。
我为饭颗山头客。君是唐前汉后人。
乘兴何当偶来访，朱弦独抚望停云。

（一九九〇年二月）

【注】
① 中石的京剧演唱艺术造诣极深。

点绛唇·感花

前年冬，西湖大雪，西泠茶花一树，光艳照人，曾赋词。今年春重到，百花丛中含苞数点而已。

犹记相逢，冻云低压湖山曲。寒花一树，风雪迷漫处。　　细雨飘来，淡染裙衫绿。倚修竹，低徊自顾，怕惹群芳妒。

（一九九〇年四月，杭州）

金缕曲·莫干山遐想

　　余曾写长诗《铸剑行》，咏干将、莫邪事。顷游莫干山，山之剑池，传为干将莫邪铸剑处。坐池畔，默对悬瀑飞漱，悠然遐想。

　　曾谱双龙剑。记高秋，西山星月，棱棱向晚。雅好黄州谈鬼趣，更索春秋遗简[①]。倩毛颖稍稍点染。劈面青鲸翻墨海，吐虹霓，千尺飞灯焰。坠牛斗，击书案。　　竭来小坐清池畔。听萧萧四山风竹，古苔幽涧。当日苍精曾跃起，飞映周天霞灿。从不信水流云散。峭壁森寒雷霆吼，漱千秋冰雪澄肝胆。分一掬，涤吾砚。

　　　　　　　　　　（一九九〇年四月，杭州）

【注】
① 指《吴越春秋》。

次韵奉和沈鹏同志自题所书宋词长卷之作

定知精妙出艰辛，功到芭蕉万叶新[①]。
笔竞龙蛇随所欲，书争鸡鹜贵推陈[②]。
饮君玄酒偏能醉，顾我白头更任真。
想见解衣磅礴处，青天碧海净无尘。

（一九九〇年四月）

【注】
① 用怀素事。
② 用王羲之事。

过汤阴 二首

（一）

半壁祥云拥翠华，衣冠南渡厌风沙。
母心广大儿奇杰，却在寻常百姓家。

（二）

报国情深教子殷，斑斑背血染金针。
宜将千载汤河水，一涤今朝父母心。

（一九九〇年五月，途中）

浣溪沙·题安阳袁世凯墓

翁仲森严守墓门,冥途犹拟帝王尊,只因唾骂未成尘。　　怒竹指天抽作剑,羞花背面耻为春,恨无黄父①噬其魂。

(一九九〇年五月,鹤壁)

【注】
① 黄父,吃鬼的神,详见《自题海燕戒》注。

水调歌头·访小屯殷墟

天地一稊米,今古只须臾。莽莽黄尘清水,如梦步殷墟。恍见王庭宴饮,卫列桓桓熊虎,巨鼎醢臣奴。风动惊鸦叫,疑是古魂呼。　　新雨后,花袅袅,蝶栩栩。汤汤洹水东去,松韵似笙竽。试捡灵龟遗甲,万片攲斜鸟迹,若个记欢娱?大化如云起,自在卷还舒。

(一九九〇年五月,鹤壁)

念奴娇·海上大风

海上披襟立,极目快哉雄。飞涛蹴雪千叠,莽莽大王风。天半云驰阵马,木叶铿锵坠甲,飞沫战蛟龙。万象昏余影,天地有无中。　　乘风去,脱尘屣,谢樊笼。逍遥浑忘物我,哪复计西东?河汉清清一水,悄蹑桂荫踪迹,天女或相逢。风定悲忽集,夕浪劲磨铜。

(一九九〇年七月,北戴河)

谈诗,赠陈伯大同志

问诗果何物?答曰我不知。
斤斤究诗义,必定不知诗。
诗如天上云,曼妙比罗绮,
逢春不化雨,光影徒迷离。
诗如田中粟,万姓赖疗饥,
终因朴无华,花下不成蹊。
诗欲臻佳境,情采须相依,
但如刻意求,龟尾曳涂泥。
来如萍末风,微息听惊雷;
行如出山泉,随势成矩规;
止如飞来石,著地万牛回。
毗陵有诗客,吟苦乐不疲。
千里来京门,踏雪叩我扉。

再晤在姑苏，春夜雨霏霏。
但觉世尘远，剧谈一伸眉。
示我诗一囊，雌黄竟我期。
相倾忘老拙，乱弹无墨徽。
长夏旅碣石，访古欲生悲。
涛声壮吟笔，放言遗所思。

（一九九〇年八月，北戴河）

泛舟龙庆峡

壁立真千仞，波深逾十寻。
桨声分碧玉，日色洒黄金。
冷蝶轻沾袖，潜鱼仰窥人。
只疑神女梦，来惹塞垣云。

（一九九〇年十月，延庆）

北海桥头感事 二首

贺孔才师，国初蒙冤自沉于北海，今始昭雪，感赋。

（一）

春自生愁雁自飞，烟波渺渺柳依依。
已甘渐老疏哀乐，仍问怀沙果是非。
魂锢鲛宫应再死，泪销金炬早成灰。
郊原已是苏芳草，底事先生独不归？

（二）

乱云散尽碧霄澄，苦雨终风也解晴。
楚泽春深花烂漫，辽天鹤老泪纵横。
清声自有文章著，高致犹存翰墨馨。
顿忆当年陪杖履，海西同望月华明①。

（一九九一年四月）

【注】
① 公在京之寓所名"海西草堂"。

水龙吟·谒苏公祠

分明九死南荒,不挥万里孤臣泪。问家何处,半醉半醒,但寻牛迹。霹雳收威,登楼远眺,垂天雌霓。望青山一发,天容海色,知谁会,归来意①？　自在飞花绕座。穆清风,满堂竹翠。何须祠庙？文章已自,长留天地。令我狂歌,令我大笑,令我哭泣。待明朝携取,松醪鲈脍②,共先生醉。

（一九九一年五月,海口）

【注】

① 以上几句,均用东坡海南诸诗。"但寻牛矢觅归路,家在牛栏西复西。"此公多么洒脱！以"矢"入诗,可见古已有之。

② 东坡有《中山松醪赋》《赤壁赋》。

念奴娇·咏玉兰

海口旅舍前有古老玉兰一株,苍翠凌云,缀花点点如雪,清风微度,香飘四远。久在尘浊,忽觉眼明。

南云如火,甚肌肤,一束清凉冰雪。夜久玉阶生白露,掩映空庭素月。小伫无言,意幽心远,待赴琼楼约。飘来梦雨,锵然鸣佩凄绝。　天涯偶寄游踪,几许新愁,相逢又轻别。久惯缁衣尘土涴,还我一襟皓白。欲挟天风,高飞远引,又恐遭摧折。萧萧叶响,暗香吹向空阔。

（一九九一年五月,海口）

谒海瑞墓

汗漫游踪遍两间,海南来访海青天。
一生公合罹多难,九死今犹坐《罢官》。
落落须眉翁仲老,枝枝屈铁碧椰寒。
怀贤只为清风少,宝鼎焚香日日烟。

(一九九一年五月,海口)

庆宫春·写感

　　抵三亚已薄暮,宿鹿回头半山丛林中。相传有幼鹿为猎人所逐,奔至山崖,已临绝境。猎人方弯弓,鹿忽回头化为美女,与猎人结为眷属。今有塑像。中夜无寐,起步回廊。烟月澹泊,花气氤氲,如醉如梦。传说中人物,仿佛见之。

　　海国风柔,云窗梦浅,小廊斜界虚白。四面香来,知花何处,乱枝摇影如雪。无声有韵,听低唱远潮清切。众神应醉,飞向高寒,曳光明灭。　　但余尘梦悠悠,哀艳雄奇,老来都歇。今宵却见,披萝乘豹,人在山阿依约。回眸一笑,信至美,足销锋镝。人间但愿,如此清明,一天星月。

(一九九一年五月,三亚)

济南漫兴

蒙蒙零雨点征衫,灼灼榴花麦熟天。
万仞云山雄海右,一湖烟水画江南。
穷愁底事亲词客,毁誉何曾赦圣贤?
梦被稼轩留小饮,绿波深处月明船。

(一九九一年六月,济南)

金缕曲·游曲阜

访孔庙、孔府、孔林,怡然若有所会。

夫子知津矣。诧回头,悠悠几度,凤麟牛鬼。已累生前陈蔡厄,身后何曾安息!料泉下欷歔难寐。悔不乘桴浮海去,或不然大笑歌"而已"。问圣者,甚滋味? 十分春色来沂水。恰披衣,澄波浴罢,泠然风起。不见野云自舒卷,底事随人愠喜?看来了六七童子。唱着歌儿拍着手,拉先生共作迷藏戏。柳荫下,芳草地。

(一九九一年六月,济南)

水调歌头·中秋步月

大宇清如水,风露又中秋。俯看人影在地,仰见月当头。莫问三山尘海,难理百年哀乐,今古两悠悠。颇爱高寒梦,八极纵神游。 觉此身,化千亿,蝶耶周?冷光吹我飞去,飘转眩天球。欲逐婵娟舞袖,坠作弥天花雨,一洗大寰愁。飒飒槐风响,夜久步夷犹。

(一九九一年十月)

泛舟新安江至梅城

老犹顾盼知非分,便赋归来却未能。
久梦烟霞巢野鹤,偏多歌哭累书生。
供愁秋水拍舷去,解意青山伴客行。
安得梅城借吟榻,垂纶唏发两关情①。

(一九九一年十月,杭州)

【注】
① 梅城,古严州,地近严子陵钓台,又名西台。垂纶,指严子陵。唏发,指写《登西台恸哭记》的谢翱,又名唏发子。这里借指出世和入世。

减字木兰花·过七里泷

记五十年代曾于此借宿一夜，朗月澄江，恍如仙境。弹指间三十多年过去了。

茫茫梦路，一派空明无着处。起望澄江，朗月疏星上下光。　　几番风雨，一任清霜凋鬓绿。爽澈秋心，飞去飞来一片云。

（一九九一年十月，杭州）

赠台湾梁云坡老友

幻园①共砚写沧洲，弹指分携四十秋。
峡雾沉沉天地隔，江河浩浩古今愁。
丹青纵笔情何极，铅椠劳形老未休。
咫尺参商期后会②，旧时明月旧时楼。

（一九九二年）

【注】
① 幻园是陈小溪老师的室名。
② 云坡来京，惜未能一面。

除夕守岁

秉烛情何似？衰年度岁除。
如烟尘海梦，多谬古今书。
鬼瞰笙歌外，风寒雅颂余。
老怀同爆竹，激切唤春苏。

（一九九二年春）

移居七首

移居方庄之芳星园，居楼之二十层，随感随写，略记一时之兴。

（一）

闹市结庐熟睡难，欲求心远地须偏。
尘清不涉鸡虫竞，客少稀闻车马喧。
龙剑飞光余老梦，沧浪濯足放归船。
末消英气斜阳外，目送征鸿独倚栏。

（二）

远海高丘兴未央，巢云老去任清狂。
仰窥伊甸双栖影，俯视尼山数仞墙。
已遣悲歌归嬉笑，还将愤笔化荒唐。
醉听应是银河近，时溅飞星劲打窗。

（三）

风雨神州楼万家，惭分春色到非花。
临窗大案宜挥笔，入座停云伴饮茶。
奇迹何须马生角，人间但愿鼠无牙。
讵真闲却征夫耳，纸上军声静不哗。

（四）

十载晨昏流外楼，晦如风雨小如舟。
乌丝百万鸦飞字，白发三千雪满头。
庭柳依依知惜别，园花脉脉解相留。
寒温好供新来客，莫记前缘道姓刘。

（五）

吟草盈囊带手温，青毡自惜百年尘。
一窗云月知情愫，四壁图书皆故人。
天地暂时留过客，浮屠何事避桑荫？
同来千尺清凉界，听我高歌泣鬼神。

（六）

何期铅椠耗余年，生路多歧只偶然。
作蛀啮残新旧纸，涂鸦写尽短长笺。
荒山席地棚筛月，茅屋绳床雪漏檐。
拂拭封尘看旧剑，清光犹射斗牛寒。

（七）

寂寂清宵酽酽茶，箱囊摆定即为家。
妻儿稳睡鼾声静，星月徐移壁影斜。
少梦周天骑彩凤，老栖斗室对寒花。
浩茫心事难安枕，欲舞晨鸡怅鬓华。

沁园春·赠别败笔

鼠践尘封，累累堆墙，败笔如丘。看仍残滞墨，忆驱雷电；尚余短颖，记逞戈矛。共味悲欢，相扶醉醒，斯世微君谁与俦？挥手别，怅月光垂照，彼此秃头。　　临歧世路悠悠。有数语不堪鲠在喉：甚狂来画鬼，惹人生厌；妄谈济世，令子多忧。老合学乖，闷时展纸，但写天凉好个秋。知爱我，只鸮鸣叱咤，未解啁啾。

（一九九二年）

清平乐·过乌鞘岭

烟迷万绿，飒飒新秋雨。拔海三千车过处，风动苍崖吼虎。　　衣襟陡觉森寒，居然一鹤云端。谁解人间陵谷，飞身来问青天。

（一九九二年，途中）

自武威赴张掖

饭罢趋张掖，黄昏别武威。
云低天欲坠，风疾雨横飞。
大漠沙荒阔，孤村树影稀。
驿楼灯火近，翻似远行归。

（一九九二年，途中）

访渥洼池①

大漠苍凉一水寒，渥洼池畔小留连。
漫谈求马无良种，未到荒沙野棘间。

【注】
① 渥洼池，古代产良马的地方。

乌夜啼·嘉峪关夜市

面条肉串瓜车，嗬，真多！街角卡拉OK唱新歌。　西装畔，红裙闪，鬓相磨。天上一轮明月笑呵呵。

（一九九二年，嘉峪关）

鸣沙山玩月

海上看明月，月碎如鳞片。
山中看明月，崖谷多奇幻。
城市看明月，长街灯火乱；
书室看明月，月为窗所限。
我登鸣沙山，恰当七月半。
沙头看明月，平生所仅见。
东月缓缓升，西霞渐渐暗。
黄沙抹银灰，青天落幽幔。
月上孤伶伶，两间唯我伴。
皎如夜光杯，柔若轻罗扇。
庄拟古佛颜，媚若娇女面。
似近身边坐，无语惟流盼。
似远隔关山，精魂梦中现。
久看如微笑，稍露瓠犀粲。
细听如悲歌，轻轻叩檀板。
我身亦一月，月我忽相感。
我向月奔来，月向我召唤。
我与月相融，渺渺清光眩。

（一九九二年，敦煌）

八声甘州·敦煌壁画

曳飘飘长带袭天风，重霄信遨游。恍缤纷雪舞，轻盈霞举，振迅星流。不假行空骥足，亦谢驭龙虬。自在乘虚起，一羽高秋①。　　下视茫茫人境，莽尘埃野马，掠影浮沤。诧华胥初梦，遽已小天球。厌生途，樊笼缧绁，羡神飞，八表漫沉浮。问破壁，便当飞去，底事夷犹？

（一九九二年，敦煌）

【注】

① 壁画令人惊叹，其中我最爱的是飞天。透过宗教的薄纱，可以看出古人对自由的大胆向往。

桂枝香·登嘉峪关

西寻梦路，逐河汉飞星①，玉鸾初驻。陡起危楼，恰受远人游目。黄沙莽莽粘天地，凛秋寒，大荒垂暮。篆云生幻，驼铃自祷，残阳无语。　　堕空阔，众神皆死，并我亦消亡，亦失今古。忽返洪荒，巨浸浪翻风怒。两间初诞娲娘小，闪明眸才解回顾。者翻应是，千莺万蝶，早红新绿。

（一九九二年，嘉峪关）

【注】

① 时正值七夕。

摸鱼儿 并序

　　夜访雁荡情侣峰，情态逼真。次日晨再来看，夜象全失，化为老僧合掌向人。造化小儿弄此狡狯，抵得一部《石头记》。戏为填词。

　　恰飞来，彩云凉月，幽期切切如许。云衢定是无羁束，抵得夜寒风露。浑无语，料不用山盟，耳畔喁喁诉。百灵偷觑。正寂籁凝风，听来只有，勃勃心头鹿。　　千万恨，要算相思最苦。良宵难遇三五。夜阑客馆潇潇雨，怕惹惊鸿飞去。重来处，遽难信，乱烟衰草昨宵路。蓦然惊顾：看只有云端，伛偻合掌，老衲呆如木。

（一九九二年，雁荡山）

大龙湫放歌

久闻雁荡有双龙，大者尤足夸奇雄。
挂天直泻三百丈，晴雨飒飒雷隆隆。
千里神驰今咫尺，流沫欲以涤尘胸。
讵知三月骄阳炙，蛟潜鼍走绝洶洶。
平生际遇多枘凿，人之所弃求宜从。
判无大腹贪江海，何悭斗勺娱衰翁？
入山相携二三子，大竹夹道青摩空。
山回路转龙湫见，果见涧壁如烧铜。
忘归亭上坐叹息，唇焦口燥无欢惊。
层巅忽见坠崩雪，移山谁使昆仑东。
悬丝下注疾于电，飞流一线遂连通。
百尺以上受阳日，紫蓝黄绿飘垂虹。
下作千珠万珠落，碧潭零雨敲丁冬。
赋形随势多变态，斜飞漫卷轻摇风。
如帝劝酒天女醉，金樽推倒泻瑶琼。
如轩辕奏钧天乐，弦张天地为焦桐。
同行瞠目皆骇叹，微愿竟已达天聪。
儒冠自嗟误生理，登临未觉吾道穷。
清欢片刻得已足，翩然野鹤脱樊笼。
千寻绝壁垂细水，惜哉巨斧削春葱。
会须惊天作雷吼，吟诗为起丰隆慵。

（一九九二年，雁荡山）

艺梅叟

去岁正月，龙潭湖赏梅。听公园主人说艺梅叟故事，回思颇有余味，为写长歌。

艺梅叟，欲言不言嗟叹久。
古雪横眉醉颊红，目光耀电声如钟。
长车载梅走千里，身是秦岭艺梅农。
山崖坠石天风烈，悬肠高与青霄接。
夜眠岩洞枕星河，晓拾枯枝煮冰雪。
百年甘露育灵根，缠风溜雨生龙鳞。
劈天雷火烧不得，木魅来守熊来蹲。
飞索腾身来斫取，丁丁天外吴刚斧。
棕绳系结白茅包，取根须带连根土。
苍根许嫁接梅枝，护暖藏娇生长迟，
冰消草长春惊梦，始是勾萌绽绿时。
三年五年徒长叶，唯见青青影稠叠。
催花几度祷花神，思花夜起占星月。
寒暑迁移岁又添，冰凌百丈压寒山。
枝头初见一花发，老眼矇眬拭泪看。
明档玉佩云端落，背立黄昏情澹泊。
还将清韵度幽香，翠袖单寒殊未觉。
怕因风损手来扶，老手龟裂血模糊。
娇女如花悲早逝，梅如娇女伴翁孤。
八年九年梅长大，冰姿铁骨元章画[①]。
盆栽转运赴名都，乐将奇芳供天下。

昨宵旅舍守青灯，雪漫风帘梦乍成。
开门忽讶不是雪，万片梅花下太清。
千家万家芳华遍，花香乱扑如花面，
画师呵冻泼丹青，诗人觅句拈须断。
花飞四面坐花间，如饮仙酿回朱颜。
梦中笑醒仍思梦，吉祥已兆不须占。
朝来运向城东路，市声鸦噪人蜂聚。
岂料盆梅列道旁，熙来攘往无人顾。
对花无语空自嗟，万般红紫属豪家。
千金争买发财树②，锦幄唯陈富贵花，
向晚收花花欲泣，夜风吼怒飞沙起。
思即归山怎舍花，长安大是居不易。
感君设酒怜路人，醉中心曲为君陈：
来朝一炬葬花处，持酒酹花我与君。
叟兮叟兮且更酌，赠君一捧开心果。
愿君火下且留花，人间自有知花者③。

（一九九三年）

【注】

① 王冕，字元章，元代画梅大家。
② 发财树，树名。
③ 这批梅花，后售与龙潭公园。

写 感

春节之夜，想到昔日在干校过春节的情景，百感交集。

白浪长淮夜，黄泥古驿灯①。
出操趋急号，批斗戒严更。
往事惊荒梦，多忧叹此生。
春前一骥老，未敢息骁腾。

（一九九三年春节）

【注】
① 干校在安徽淮河南凤阳县，我连驻地在黄泥铺，为明代驿站。

元宵对月

浮生颇诧老来豪，不近南华不近骚。
卓立万家灯火上，中天一握月轮高。

（一九九三年）

自 嘲

不哺糟醨不出关，商潮宦海两无缘。
容身莫道乏锥地，犹剩文窗数尺天。

(一九九三年)

咏古笛

河南舞阳贾湖发现八千年前古笛，备七步音阶，用斜吹法奏今曲，不仅发音准，而且清脆洪亮。

晚凉钻燧炙龙蛇，萝带荷衣待月斜。
未必多情今古异，八千年上落梅花。

(一九九三年)

春风踪迹 五首

四月间，经南京至黄山，游观甚惬。复至常熟常州访友。

(一)

谒中山陵。

黄发垂髫拾级登，桃花如火雪杉青。
只缘大义公天下，一语长牵天下情。

（二）

四十多年前曾到屯溪，今日重来，样子完全变了。

　　连云楼阁闪虹霓，舆地分明见却疑。
　　四十年前曾宿处，登床饥鼠啮征衣。

（三）

黄山脚下即景。

　　映帘红白雨丝斜，山市轻车辗落花。
　　村女捧篮迎客笑，声声娇语卖新茶。

（四）

访常熟，闻黄大痴墓冷落山阿，访者寥寥。

　　云里笙歌空巷日，佛前香火烛天时。
　　春风寂寞虞山脚，零雨飞花伴大痴。

（五）

叶圣陶先生曾游此，留有手迹"焦尾泉"及"焦尾轩"。

　　如画轩窗如酒泉，文旌当日驻虞山。
　　摩崖铁线书"焦尾"，一想音容一惘然。

（一九九三年）

汉宫春·宿黄山光明顶

中夜步山巅,满月中天,众峰如冰玉,觉飘然世外,转增惆怅。

比量天然,览烟云万轴,俗煞丹青。纷纶古今题咏,诗换白鹇。歌酣瀑水①,试吟来,都只平平。全抛却,光明顶上,悠然月白风清。　　身似一鹤飞来,漫低徊,容与空明。众山下视如海,削玉凝冰。百年尘梦,怅而今,独醒何曾?来相伴,云绡雾縠,婵娟似我多情。

(一九九三年,黄山)

【注】
① 黄山民胡辉以白鹇换李白的诗,李白有诗记此事。又,郭沫若有《黄山之歌》,写人字瀑。

南乡子·海上大风浪

高浪拍苍穹,浩浩奔云浩浩风。斧斫腾拿三百万,蛟龙,乱溅残阳血沫红。　　万象有无中,天地悠悠著一翁。犹有游仙豪兴在,行空,白马骄嘶抖白鬃。

(一九九三年,北戴河)

水调歌头·烟台感旧

萧瑟秋风起,天际卷狂澜。多情笑我白发,海色似当年。记取乘桴一叶,直犯鲸波万丈,往事半如烟。掠水双双燕,飞去又飞还。　　岸头花,明似火,甚堪怜。小坐松荫白石,茫想自掀髯。漫道身同聚沫,犹有声如鹤唳,铿鞳叩青天。咫尺来风雨,浩荡望征帆。

(一九九三年,烟台)

浣溪沙·南阳武侯祠

天际盘鸦向暮时,映阶凄绿草如丝,秋风秋雨武侯祠。　　壁上龙蛇名将笔,庭前古柏草堂诗[①],英雄今古入沉思。

(一九九三年,南阳)

【注】

① 壁嵌岳飞书《出师表》石刻。又,庭有古柏树及杜公《古柏行》诗碑。

题陆游砚①

一生忠悃思河洛，万首歌诗泣鬼神。
龙尾无光鸲眼暗，卓荦片石等昆仑。

（一九九三年）

【注】
① 于苏州百砚大展上见陆游铭信天巢砚，石质粗劣，感赋。

放言 二首

（一）

风雨摇窗坐夜深，非歌非哭自狂吟。
汪洋如海豪门酒，索寞当秋介士心。
墨吏已将权作价，文章端赖性提神。
悠悠三十万年上，底事狙公却变人？

（二）

清霜万木下西风，矬地寒云雨色浓。
蟹价等金难佐酒，菊花背面不怜翁。
童心未共秋心老，钱眼何如诗眼雄！
谀世只今多粉黛，羞将妄语赚时铜。

（一九九三年）

为石河子周总理纪念馆诗碑作

生为古柏常栖凤,死有春蚕未尽丝。
休道莽苍无祭处,人间随地是丰碑。

(一九九四年)

水调歌头·雨中泛舟太湖

三万六千顷,一叶雨中舟。茫茫天水无际,物象共沉浮。纵目烟云四壁,一例米家泼墨,身在画中游。醉矣非缘酒,小饮碧螺瓯。　　问平生,经风雨,几时休?湖山且莫笑我,语默两多忧。料理百年歌哭,一棹桃花流水,桑竹自春秋。我马踟蹰顾,一步一回头。

(一九九四年,苏州)

巴西木·赠刘章同志

章君访越南，归暂都门住。
归来何所携，一段巴西木。
以刀截断之，两截各尺许。
一截留寒斋，一截君持去。
盛以白玉盆，埋以黄金土。
吹以清凉风，洒以甘甜露。
渐渐出新芽，木表生青突。
渐渐长新叶，片片蛾眉绿。
渐渐叶肥阔，居然为小树。
置之几案间，相与共朝暮。
我喜木婆娑，我忧木凄楚。
我醉木相扶，我歌木起舞。
我吟骂世诗，木摇为桴鼓。
我写诙谐文，木笑似相许。
适接章君书，书中有佳句。
也说巴西木，相对如亲故。
两木本同株，同株分两处。
一在汶水湄，一在燕山麓。
迢迢千余里，参商易寒暑。
但愿木葱茏，两地春常驻。

（一九九四年）

俳句 十五首

暮春之初,应邀访日本,即用东瀛俳句体式纪游。

与丽泽大学各国留学生晤谈

聚首五洲人,语不同声笑同音。万族本同心。

于日式餐馆就餐(一)

侍女劝加餐,唐装引我梦长安。身是白香山。

于日式餐馆就餐(二)

酒暖火锅红,醉后失腔信口哼:一曲借东风。

咏 清 酒

清酒宜诗家,半似花雕半似茶。春江月夜花。

夜闻乌啼,寓舍近战死者之墓

悚听夜乌啼,万家酣睡汝何为?人间无处栖。

听广岛老人话当年

频将老泪挥，愿将刀剑化锄犁，人间万鹤飞①。

书字，留别广岛大学诸友

发我醉时狂，飞白何妨略带章。人去墨留香。

夜宿三岛

春鸟雨中啼，纸窗席地著和衣。华夏古风遗。

山高气寒，樱花始开

休道见君难，山中红粉未凋残，一半在云烟。

题"情人屋"

伊甸建由人，禁果不禁帝不嗔。双蝶绕花云。

富士野生公园记趣（一）

一尺小猢狲，只缘淘气误伤人，指端留吻痕②。

富士野生公园记趣（二）

猛兽亦多情，云雨居然在草坪。苍天本好生③。

富士野生公园记趣（三）

游车入丛林，人赏痴熊熊赏人。相看两开心。

夜泛东京湾

游艇泛如萍，风声水声欢笑声。灯火一湾明。

飞机上望富士山

富士掠舷窗，真容半掩白云乡。古雪莽苍苍。

（一九九四年，日本）

【注】
① 当年有蒙难少年知必死，誓以纸折一万只鹤以祈和平，未竟而逝。
② 松鼠猴，长才尺许，我进入笼中与猴玩耍，被啮伤食指。
③ 见一对狮子做爱。

月上海棠·于日本三岛见黄水仙

幽姿曾见如冰雪,向蓬山,淡染黄昏月。脱略铅华,似笛里梅花清绝。风儿动,衬出双双白蝶。　　山长水远烟明灭,鲤鱼风,过了樱花节。金盏高擎,这次第,非关伤别。心儿祝:长醉人间春色。

(一九九四年,日本)

乌夜啼

东京寓舍近"战死者之墓"。夜雨潇潇,闻乌鸦啼叫,凄厉刺耳。

樱花乱落雨凄凄,悚听坟场乌夜啼。
九死余辜应速朽,三匝绕树欲何为?
荒村灶冷嚎狼犬,焦土尸横咽鼓鼙。
聒耳声声交百感,岂宜起舞厌晨鸡!

(一九九四年,东京)

大钟歌·咏北京大钟寺永乐大钟

京城之西大钟寺,高悬大钟六点七五米。
距今已有五百九十年,既大且古世无匹。
旧不曾见见照片,如望岱华隔云烟。
今年长夏经僧院,萦怀旧梦遂得圆。
盘螭欲飞白云上,桓桓巨灵高难仰。
周身铸经三十六万字,森如太空罗星象。
千钟万钟殿前陈,大者如瓮小者如罍樽。
龙蟠虎伏各异状,大钟膝下环儿孙。
大钟大钟,汝身庞然如山阜,
汝口开张如怒虎。何不更大千千万万倍,
何不一鸣震寰宇?人间风雨晦千秋,
水容惨淡山容愁。愿汝一鸣扫阴翳,
天晴气朗好花不谢春长留。人面多忧鬼面笑,
蚤肥如牛牛拜蚤。愿汝一鸣消世尘,
踢者撕者咬者吞者爪牙俱落无一存,
捧者拍者溜者舔者吹无喇叭抬无轿。
噌吰镗鞳大钟鸣,千钟万钟齐和声,
三千大千一部交响乐,低眉附耳众星听。
牛女闻之决然搬到一起住,
盈盈一水焉能阻隔如山如海情?
参商闻之相约谈心共朝夕,
一任天花开又落,互劝三万六千金杯倾。
明月闻之长圆不再缺,朗如阳日清如冰。
彗星闻之碎片不再横冲直闯,如珠如玉如水晶。

相逐翩翩似蝴蝶，一齐飞舞绕木星①。
大钟大笑声朗朗：君定醉矣言多妄。
自古钟磬不自鸣，安得大棰横天将钟撞？

（一九九四年）

【注】
① 这一年，彗星与木星相撞，为罕见的天文奇观。

沁园春 并序

一九九四年十月二日，从化天湖铁索桥断坠，落水三百余人，死三十八人。前此即有人提出意见，惜未加理睬。同年十二月来游，断桥仍在，见之痛心。

云惨苍山，涛吼寒溪，铁索桥横。看悬梯斜圻，鱼龙尚泣；连环断裂，猿鸟犹惊。娇女如花，白头扶杖，娃笑偎娘梦乍成。轰然坠，被狂澜灭顶，地圻天崩。　　悲哉四十生灵！定夜雨啾啾闻哭声。曾有人警告，危如悬发，无人吭气，当耳边风。欲问苍天，苍天无语，人与黄金孰重轻？！嗟多吏，忙听歌吃请，高照官星。

（一九九四年，从化）

沁园春·题圆明园断瓦

一九九四年秋，游圆明园。与孙女霄霄漫步断垣衰草之中，偶拾瓦片，瓦上沾洒之黄琉璃釉酷似美人半面之形。携归镌字，珍逾拱璧，为长调以志。

夕照残墙，墙脚拾来，断瓦草间。想宫娥挥泪，应惊梦雨；震霆飞燎，遽碎霜鸳。一炬烧天，百年焦土，坠地而今灼未寒。休拂拭，留土花斑剥，记取尘烟。　　蛾眉欲画应难。怅雨雨风风损玉颜。甚名园秋好，暖风熏醉，繁忧万种，仍上眉尖？梦堕荒云，金销劲骨，记否鲸波曾覆船！矍然拜，胜千金拱璧，一片河山。

（一九九四年）

对　月

蒙眬老眼未蒙眬，三月椒兰五柳风。
青酒何须知醉醒，白头哪复计穷通？
款爷掷地金如土，竖子登云马作龙。
莫道吟窗苦幽独，天教明月伴诗翁。

（一九九五年）

题双珍砚 并序

  我明年七十，今年庆九，阿龄购得一方珍贵的清代端砚为寿。情珍砚珍，命曰"双珍砚"，题诗为谢。

    忧患平生未祛痴，晚晴潇洒共栖迟。
    眼前白发相依日，心底红颜热吻时。
    玉晕青涵春水月，花肤紫透夕阳枝。
    感君不作婵娟詈，松麝凝香助咏诗[①]。

（一九九五年）

【注】
  ① 《离骚》"女媭之婵媛兮，申申其詈予"，写女媭规劝屈原不要耿介违时，要随波逐流。

江南好 二首

儿时爱吃苣荬菜①,相失近五十年。今得吃之,感慨今昔。

(一)

长相失,又得荐春盘。犹记儿时挑野菜,新炊酱佐紫芽尖。母笑不嗔馋。

(二)

长相失,村野草芊芊。吹笛漫裁新褪柳②,编花争采早开兰③。白发梦如烟。

(一九九五年,承德)

【注】
① 苣荬菜,我家乡的一种野菜。初春长出鲜嫩的芽叶,味微苦,宜生吃。
② 初春柳枝返青,枝皮经拧动可以退下,做笛。
③ 故乡有马兰,初春开蓝色花。

金缕曲·自寿二首

（一）

七十一回首。问逡逡，尘衣跣足，是知津否？曾梦诸天花作雨，争奈晚来风骤。道春暖，峭寒龟手。硕鼠穿仓齿牙利，更长鲸拔海狂涛吼。醉不醒，绮楼酒。　　书生老去成刍狗。且休提，歌诗呕血，文章匕首。万言不值一杯水，堪笑自鸣瓦缶。期汗漫①，遨游霄九。浩荡诗心难自已，合今生，热上长厮守。唱金缕，聊自寿。

（二）

莫道吾衰矣。尚悠哉，能歌能哭，能吃能睡。云月满窗书四壁，斗室岿然天地。有些许闲居滋味。不爱巴菇不爱酒，紫砂壶爱泼狮峰焙②，爱食肉，惜乎忌。　　花间舞曲随缘戏。步蹁跹，妻嫣然笑，我怡然喜。更爱拍浮鱼共乐，梦到濠梁秋水。何用问，人生能几。但得此身真我有，甚长愁万古徒然累③？且拭尽，诗人泪。

（一九九五年六月）

【注】
① 汗漫，神仙名。
② 狮峰焙，指龙井茶。
③ 累，去声。京门俗语："你累不累呀！"

题凤尾螺

有螺名凤尾，如月笼彩云。
来自大海南，论价比金银。
青年见此螺，甜如吻在唇；
老人见此螺，摩挲掌上珍；
款爷见此螺，倾囊亦所欣；
官长见此螺，以目示从人。
见螺无不喜，有喜绝无嗔。
嗟我为文章，雕虫妄自尊。
欲扫如雷电，欲击力百钧。
欲以驱狐鼠，欲以豁穷阴。
愠者投冷眼，怒者脸阴沉；
达者笑书生，亲者戒坑焚。
比螺知自误，何必太认真？
谀世自多福，旨酒合同醺。
案头凤尾螺，开口笑吟吟：
异哉君羡我，不知我羡君。
我只余躯壳，有壳无灵魂。

（一九九五年七月，北戴河）

念奴娇·海恋

几回见面，你总是，无言默默。百里风尘来自远，都为相思牵惹。道是无情，眼波流转，那是为什么？梦魂萦绕，令人颠倒猜测。　　海忽感动开言，唇掀白浪，万丈喷飞沫。浪打长天天欲裂，燃起无边碧火。豪语惊雷，高呼撼岳，大笑狂风簸。仓惶遁走，才知存想都错。

（一九九五年七月，北戴河）

平生最爱月 十六首

（一）

平生最爱月，问月爱我不？
"有诗子不俗，有子我不孤。"

（二）

愁觉老来多，月是儿时好。
中秋拜月罢，催爷分梨枣。

(三)

故园明月夜，月下坐瓜棚。
明灭旱烟袋，远近蝈蝈声。

(四)

月曾照母颜，月颜今似母。
隔世相见难，胡为默无语。

(五)

月上北海桥，双影照春水。
一吻至今甜，避人不避你。

(六)

曾谪黄泥铺，冷月照红山[①]。
欲吟箝在口，流泉冰下难。

(七)

我醉月亦醉，我醒月亦醒。
醉时月应哭，沾襟清泪冷。

（八）

有晴亦有雨，云暂月常明。
圆缺本自然，于此悟人生。

（九）

所思在霄汉，且莫笑我傻。
月光有奇香，轻轻吻我颊。

（十）

谁谓月无情？凝眸将我看。
谁谓月如冰？着面轻柔暖。

（十一）

何曾有嫦娥，何曾有桂树？
真情生幻象，愿在幻中住。

（十二）

君生万年上，定存万年下。
愿我身后魂，作君行空马。

（十三）

贪爱月如金,饥爱月如饼。
行爱月如灯,吟爱月如影。

（十四）

圆月固迷人,缺月亦可爱。
一眉胜人间,蛾眉千万态。

（十五）

明月只一个,照世憾朦胧。
安得千万月,现一大光明。

（十六）

天晓月欲去,依依何所之。
飞来小笺上,化作四行诗。

（一九九五年）

【注】
① 我曾住干校,在凤阳大红山下。

银川杂诗 三首

参加第八届中华诗词研讨会期间作。

游沙湖

鱼跃鸢飞画艇驰,芦花漠漠雨丝丝。
剪来一片江南梦,来补高岑边塞诗。

访西夏王陵

绮罗金鼓迹全消,归燕无由识旧巢。
大漠新秋风拂袖,夏王陵下雨潇潇。

题贺兰山

岳家词笔气如山,聚讼纷纭为贺兰。
辨伪偏遗水云句,吟诗考史不同源[①]。

(一九九五年)

【注】

① 岳飞《满江红》真伪,曾引起争论。或以为南宋的敌国是北方的金,不是西北的西夏,且南宋诗词中无以"贺兰"指代金之例,以此定岳词为伪作。不知宋亡时汪水云有"厉鬼终当灭贺兰"之句。元与金同是北方民族。

青城山口占 四首

（一）

入山二十里，清泉伴我行。
山灵来相迓，泠泠鼓瑟声。

（二）

丛树郁繁荫，天地皆青绿。
忽见一点红，她在桥头伫。

（三）

人以佛为尊，顶礼唯敬谨。
我以佛为友，投之以飞吻[①]。

（四）

登临兴未尽，已到别山时。
却羡山中鸟，长巢银杏枝[②]。

（一九九五年，青城）

【注】
① 见礼佛者众，颇所不耐，作飞吻状以骇之。
② 青城山道观庭中有一株千年古银杏。

水调歌头·眉山三苏祠中有古井，传为苏氏故物

绿掩墙根竹，古井不知年。清泠下视如月，倒影水中天。遥想铜瓶夜汲，堂上熙熙父子，黄卷映茶烟。岂识朝天路，虎豹踞雄关。　　千载下，人去矣，井依然。黄花碧藓白石，秋影蝶翩翩。欲问人生滋味，试饮一瓢清洌，斟酌古今寒。会有潜蛟起，豪雨壮眉山。

（一九九五年，眉山）

嘉陵烟雨歌 并序

　　十一月，偕老伴访重庆，得与老同学画家宋广训重逢。宋居嘉陵江畔之画家村，即比邻而借舍。翌晨烟雨蒙蒙，景物奇绝。返京后，遂有是作。

成都东游乘秋晴，双袖尚染峨眉青。
高速行车八百里，朝发午至渝州城。
画师宋君同学友，执手相看俱白首。
一庵借榻画家村，灯前话旧酣泸酒。
中夜浪浪雨鸣檐，梦中忽若临风泉。
推妇听雨妇贪睡，跳珠溅玉和微鼾。
晓起推门见松竹，小屋如巢隐丛绿。
百步以外横嘉陵，湿风犹带零星雨。
呼友呼妇步江边，茫茫洲渚笼云烟。

近看江波罗纹细,远看几点浮江船。
江上青山但余影,如翼如眉如半饼。
徐徐云动挟山飞,扑地苍龙醉不醒。
四顾天地堕朦胧,万象隐现朦胧中。
如潜海底仰望海,空明万丈游鱼龙;
如蚩尤战钜鹿野,雾中虎豹搏罴熊;
如众仙人游帝所,长髯高髻影重重;
如盘古氏胎鸡子①,不知有已盲时空。
友说"对此应有作,绝妙诗材休错过。
君诗夙捷比八叉②,速展长笺我磨墨。"
我连摇头连皱眉,如小学生遇难题:
"观景千万无此景,清词丽句等尘泥。"
妇见我窘掩口笑:"让我说你什么好!
君诗虽拙足打油,宋君定以画相报。"
归来复堕红尘间,满眼粉饰失天然。
人生真趣岂易得?笔忽疾走如狂颠。
宋君之画想已竟,画里嘉陵来入梦③。

(一九九五年,于重庆始写,回京完稿)

【注】

① 古书里说:"天地浑沌如鸡子,盘古生其中。""鸡子",鸡蛋也。今北京俗语中有之,不过"子"要儿化,读如"鸡子儿"。

② 唐温庭筠有捷才,作诗八叉手而成。

③ 今宋君的"嘉陵烟雨图"已寄到。书家章谷宜君复书此歌,合为一幅,装裱而珍藏之。

扬州慢并序

白公馆女牢房中陈列着当年江竹筠等烈士在狱中所绣的一面五星红旗。面对这幅五星的大小和位置都不准确的红旗,低徊留连,百感交集。

狱犬嗥风,铁窗漏月,严宵刺绣从容。未曾亲见,依稀梦里心中。定有扑簌热泪,湿旗角,悲喜交融。纵朝来,喋血刀头,添作新红。　　山城旧馆,恰来时,零雨其蒙。恍纤手移山,悲歌啸海,花爆穷冬。四十六年风雨,勤拂拭,忍看尘蒙!怅游人笑语,声声但议时铜。

（一九九五年,重庆）

南乡子·参观侵华日军南京大屠杀纪念馆

痛史览城屠,愤火烧天泪海枯。雨沃桃花红似血,千株,春伴冤魂魂不孤。　　三十万头颅,竟道残杀是子虚!未必沉埋成朽骨,一呼,犹作惊雷警霸图。

（一九九六年,南京）

金缕曲·读报有感

掠剩当白昼。破门来，狞眉恶吏，骚然鸡狗。权压乡民山压顶，斗胆遮天一手。求一日，缓交可否？示惩不单皮肉苦，黑洞洞，数命当枪口。伤二子，毙一叟。　　我闻忍泪沉思久。甚今时，公仆酷似，当年敌寇？！诉向法庭诸事了，哪管虫生腐肉？推窗看，满天星斗。东院搓麻声毕剥，西楼歌舞方狂扭。笔化作，雷霆吼。

（一九九六年）

[附记] 据新华社讯，一起因超征农民提留款而引起的故意杀人案，近日由安徽省高级人民法院二审终结。安徽省阜南县中岗镇沈寨行政村联防队员沈可信被以故意杀人罪判处死刑、剥夺政治权利终身。同案的村干部沈可理被以故意杀人罪判处死刑、缓期两年执行，剥夺政治权利终身。两名被告同时被判处赔偿被害人经济损失。昨天在阜南县举行了公判大会。公判大会后，杀人犯沈可信被执行死刑。

　　1995年，阜南县中岗镇沈寨行政村加大征收农民提留款，致使农民人均多负担120.78元。1995年11月4日上午，沈可信在沈可理的带领下，与其他联防队员沈可慧、沈超群一起，携带霰弹枪、电警棒等，对本村村民拖欠的1995年提留款进行全面清缴。中午12时许，沈可理一行到村民沈军龙家，因沈军龙没钱，要求缓交一天，被沈可理拒绝。为此，双方发生争执并厮打起来。沈可理持枪射击，因被他人托起，射击未中。沈可信连开三枪，先后击中沈军龙外祖父刘朝兴、沈军龙和沈可海，致刘朝兴当场死亡，沈军龙、沈可海重伤。

水调歌头·重到黄山，宿北海宾馆

仰望夜空，只见星斗。月，夜深才见，窥人半面而已。

昔宿光明顶，北海度今宵。朦胧四围山影，如雨竹萧萧。应是嫦娥沉醉，放出满天星斗，偷眼看诗豪。太息刘郎老，垂耳飒霜毛。　更向尽，窥半面，月藏娇："可有清空新曲，子唱我吹箫。"试检年来词笔，满纸尘痕酒渍，难以助游邀。相对默无语，万木响风涛。

（一九九六年，黄山）

题虹彩雨花石 并序

去年我70寿，阿龄以一方名贵端砚为贺。命曰"双珍砚"，有诗。今年阿龄69岁，祝70寿，我以一块雨花石为贺。此石得自秦淮河畔，略呈心形，当石面三之二，呈虹彩条纹，十分绚丽。石之一角有碧桃一朵，洁白如玉。诚稀世之珍。

去年寿我砚双珍，奇石今年我寿君。
追忆难忘鞭后语[①]，相亲未老眼中人。
定知虹起长流彩，更喜花飞不减春。
为谢娲皇解情意，炼余留作玉壶心。

（一九九六年）

【注】

① "文革"期间，我们一同被诬为"黑帮"，阿龄受折磨更厉害。曾被打得皮开肉绽，痛不欲生。深夜无人时，互相鼓励：要活下去！

万亩榴花行

少时晓起中庭步，初晴雀噪檐头旭。
半墙瓜蔓绿垂烟，一树榴花红著露。
世路茫茫五十年，黄尘白雨凋朱颜。
老眼看花多淡忘，时时犹梦榴花燃。
周君同应梁君约，车行一夜东方白。
墨缘喜结煤都人，食鱼来作薛城客[①]。
佳境可遇不可期，偶然福至偶得之。
往日见一今见万，万亩榴花天下奇。
车行初到青檀寺，石榴夹道无杂枝，
含笑点头迎远客，似曾相识情依依。
旋陟高丘恣远望，榴海苍茫腾绿浪。
山高地燥气尚寒，叶底朱华半含放。
有如天上飞来无数桃花片，深深浅浅浮波上；
又如长鲸触碎百万珊瑚枝，星星点点随风漾。
下自山麓暖春阳，红蕊渐繁绿渐藏。
欲防咫尺燃须发，烧天赤焰何煌煌。
道旁一树高拂汉，婆娑半亩垂荫凉。
龙盘虎卧根柯古，父老道是石榴王。
但见千枝万枝着花难计数，
绛珠紫玉含烟映日生晶光。
或俯或仰或聚或散漫作风前舞；
或笑或颦或思或者羞涩如新娘。
蜂儿恋花忘采蜜，蝶翅摇摇浑似醉，
游人不敢大声语，绮梦空灵恐惊坠。

低徊留连者久之,梁君周君各有诗。
我诗迟滞久难就,改定已及暮春时。
考榴之初也本非中土有,《诗》无其名《骚》也否。
凿空万里博望侯,西域携来始东走[②]。
好风时雨年复年,土沃阳和花日繁。
遂于二十四番花信外,别添花事为京观。
海纳百川海乃大,划地自封宁非傻?
只要花好便移来,育花何必分夷夏!

(一九九六年六月)

【注】

① 周笃文先生和我应梁东先生之约同赴枣庄参加枣庄煤矿区微湖书画会成立五周年活动。枣庄,古薛城,孟尝君所居。微山湖鱼极鲜美,非虚用冯谖故事也。

② 见《后汉书·张骞传》及《博物志》。

过河南叶县

过县君休笑叶公,真遭枘凿假亨通。
仙乡衮衮乘龙者,不爱真龙爱假龙。

(一九九六年十一月,郑州)

访襄樊隆中

隆中风色接南山，蠖屈龙伸各有天。
想见高吟梁父日，北窗应已梦桃源。

（一九九六年十一月，襄樊）

［附记］定庵诗："渊明应似卧龙豪"。隆中。殿堂悬有郭沫若书幅，亦申此义。颇有见地。

过邓县，谒范仲淹纪念馆

千秋一记寓高情，此老胸涵几洞庭？
九百五十年过去，草堂依旧满春风。

（一九九六年十一月，途中）

［附记］范公曾谪居邓州，今就范公故居建纪念馆。中有春风堂，传为范公写《岳阳楼记》处，今年适逢作记950周年。是日大雨，四顾无人，门皆闭锁。我撑破伞立雨中移时，默默向前贤致敬，涂此诗。

题 照

一九九七年一月,同阿龄作泰、马、新及港、澳之游,合影,以青苍色大蟒缠身,戏题。

锦带缠绵亦有情,森森鳞甲未须惊。
欲将侠胆参诗胆,不爱白娘爱小青。

(一九九七年一月)

悼念 二首

(一)

邓小平同志说:"我是中国人民的儿子,我深深地热爱我的祖国和人民。"

拭泪还疑梦,出巡胡不归?
新春问寒暖,方叩万家扉。

(二)

邓小平同志说:"香港回归后,要在自己的土地上走一走,看一看。"

曾有南行愿,荆花恰待迎。
香江呜咽水,犹自唤声声。

(一九九七年二月)

八声甘州·访虎门炮台遗址

飞跨珠江之虎门大桥即将竣工,长 15.76 公里。

恰崩云堕海雨初收,长风驾惊涛。看峭帆拂燕,巉岩卧虎,古木缠蛟。斑驳拦江巨炮,无语话前朝。犹听鱼龙泣,喋血横刀。　俯仰百年风雨,望零丁霞起,锦浪滔滔。喜终消离恨,新曲谱鸾箫。念人间莫非胞与,甚偏遗玉帛逞戈矛?通寰宇,飞虹偃浪,如此长桥。

(一九九七年五月)

虎门 三题

题林则徐塑像

国士英风死戍边,孱王揖盗罪销烟。
落花无数随流水,长仰青峰挂两间。

题旧虎门炮台大炮

锈蚀斑斓旧铁衣,龙藏虎卧有余威。
纵能破阵如雷吼,上国春眠厌听鸡。

题销烟池

飞光大夜醒民心,喋血江天北斗殷。
会得落花声似铁,铮铮未死百年魂。

(一九九七年五月)

回归砚铭

屯溪三百砚斋以龙尾眉纹石制回归大砚,雕归帆破浪之像,余为之铭。

海日迎潮起,云帆破浪归。
金瓯终补缺,片石也扬眉。

(一九九七年六月)

赠方成同志

相会于星明度假村

我有歪诗继齐谐,君能漫笔作东方。
狂歌自醉不须酒,讽笑开心却断肠。
已是神交成故旧,何期垂老尚参商。
相逢情似明湖水,风涌层波叠夕阳。

(一九九七年七月)

零时抒情 二首

公元 1997 年 6 月 30 日午夜,从电视中看到,在香港,英国国旗徐徐落下,我国国旗冉冉升起。

(一)

大海欢歌万象宾,百年一瞬判晴阴。
槐柯落叶收残梦,凤翼腾天舞彩云。
啖蚀终当归璧月,寒香本自共冰心。
白头多少沧桑泪,还我中华后继人。

(二)

历览兴衰道有常,要争公理在图强。
龙飞纵欲凌风雨,羊质焉能敌虎狼!
世跻昌隆初发轫,路攀绝顶尚悬肠。
百年回首斑斑血,莫醉金樽厌胆尝。

(一九九七年七月)

摸鱼儿·访屈子祠

　　秋雨凄凄,车行十余里,抵汨罗江畔之屈子祠。余同老伴对屈原像行三鞠躬礼。祠中有老桂十数本,正当盛华,庭院堂室,无处不香;行坐倚伫,所在皆醉。枝头金粟累累,其屈子之诗魂乎?遂广《离骚》之意,为制慢声。

　　听萧萧,汨罗祠宇,绿阴恰受秋雨。客怀如饮椒浆醉,一片寒香自古。沉思处。料曾见江干,披发歌还哭。问天无语。看结向枝头,累累金粟,都是《离骚》句。　　听心曲,岂止关情一楚?好风愿沃中土。灵根更向云端植,飞作月华嘉树。情千缕。散香满人间,甘自婴斤斧。定屈子归来,花间唤我,同作九歌舞。

(一九九七年九月)

满江红·君山怀古

　　史载秦始皇二十八年（公元前二十九年），始皇"浮江至湘山大风，几不得渡。上问博士，博士对曰：'闻之，尧女，舜之妻，而葬此。'于是，始皇大怒，使刑徒三千人，皆伐湘山树，赭其山"。两千二百十六年过去了，君山依旧竹树葱茏，独夫之淫威安在哉？

　　剑玺旌旗，拥帝座，摇摇鹢首。包天胆，颠风作梗，蛟腾鼍吼。百丈雷霆忽震怒，三千刑卒挥刀斧。叹湘山，祠庙映新篁，归乌有。　　清秋节，新雨后，风袅袅，吹襟袖。看葱茏万绿，漫山遮斗。勃勃生机天共永，趑趑兵马成玩偶。将独夫掌上戏婴儿，君知否？

（一九九七年九月）

赠屈子祠演古乐女

编钟声似谷音寒，锦瑟泠泠泣杜鹃。
烟雨一帘浑似梦，汨罗江上遇婵娟。

（一九九七年九月）

踏莎行·咏斑竹

《博物志》《述异记》载，舜野死，葬于苍梧之九嶷山。娥皇、女英二妃追之不及，以泪挥竹，竹尽斑。二妃葬君山，称湘妃。我来访湘祠，抚斑竹，竹上泪痕，几千年依然斑斑不灭。伟哉爱之力也！

万里惊尘，九嶷迷雾，君山南望伤心处。为君苦竹印啼痕，人间留作无声哭。　　海易沧桑，山移陵谷。真情应是无穷数。枝枝叶叶向潇湘，年年岁岁斑斑绿。

（一九九七年九月）

饮芝麻姜盐茶

不愁客路多风雨，不憾江头无酒家。
才觉倦来得小坐，桂花香里饮姜茶。

（一九九七年九月）

登岳阳楼放歌

忆昨醉月步秋坡，飞梦已泛洞庭波。
长车辗月行千里，九州风物巴陵多。
名楼四望秋水阔，平波如縠船如梭。
浮云远渚光上下，青枫绿橘风婆娑。
水天无际愁飞鸟，下深百丈潜蛟鼍。
君山远望但浮影，湘妃舞袖拖青罗。
楼中览古顿忘倦，留题罗列如星河。
杜诗范记独秀出，凛凛铿锷长不磨。
览时抚事百感集，古事往矣今若何！
遐荒土灶咽粗粝，连云楼馆驰华车。
况闻巨蠹窃权要，后忧先乐全乖讹。
主人捧觥为我寿，众方宴乐何殊科？
方今国运日隆盛，如山崛起高嵯峨。
天网恢恢疏不漏，已见除恶挥太阿。
净垢相依本常道，切莫见烛遗曦娥。
我辈历劫身犹健，天教山木存枝柯。
蒸鱼焖笋罗满案，会当痛饮无拦遮。
我闻此语沉吟久，倒盏倾瓶醉颜酡。
愿为此楼题"众乐"，愿乞风色常祥和。
愿滋兰芷无风雨，愿繁鱼鸟无虫蛇。
愿化洞庭为美酒，莲娃钓叟皆酣歌。
戛然长鸣闻鹤唳，翩翩雪翼檐前过。

（一九九七年十月）

四犬诗

逸园养四小犬，活泼可爱。

闲庭闻戏闹，四犬小于猫。
一色黑兼白，通体覆长毛。
眼大如灯泡，鼻缩短吻翘。
欢欢最骄横，无故向空嗥；
庆庆常多事，推门竟自挠；
丑丑每沉思，歪头默默瞧；
盼盼怜瘦小，宛转爱撒娇。
索抱争人立，作揖尾巴摇。
得食小争斗，扑咬抢追逃。
一事不体面，便溺随地抛。
屡教终不改，清扫增辛劳。
夜深风呼呼，庭院静悄悄。
闻警齐怒吠，忽如猛士嚎。

（一九九七年十月）

逸园中秋赏月

萧寺钟声近,山居秋气清。
纤云凝远碧,满月散空明。
闻道从高士,酣歌会友朋①。
四厢花影乱,濯魄玉壶冰②。

(一九九七年十月)

【注】
① 王朝闻先生同游。
② 太白语。

哭张志民兄

志民兄长逝了,我挥泪写挽词一幅。雅文嫂装裱之,悬志民遗像之侧,一字一句,读给志民听。未数语竟泣不成声,不能卒读。

挽词一幅送君行,心语原非墨写成。
本欲将来慰阿嫂,灵前泣读不成声。

(一九九八年四月)

扬州慢·卢沟桥凭栏

水涸寒沙，堤消残雪，柳梢才著鹅黄。倩春风扶醉，垂老步河梁。难磨灭几番风雨，桥头弹洞，犹诉沦亡。漫凭栏，天地悠悠，默数沧桑。　　当年稚小，也惊心，弃甲仓皇。记折剑横眉，戎衣渍血，父老壶浆。①回首烟尘都散尽，匆匆去，背影难忘。看狻猊跃起，声声长啸春阳。

（一九九八年四月）

【注】
① 六十年前往事，余有文记之。

宜昌杂咏 五首

秭归赠小学生

参差学舍傍云崖，朝夕萤窗百卷开。
莫道山娃同草木，屈原曾自此中来。

香溪，咏昭君

昭君颇似木兰骄，马上毡裘塞月高。
若向琵琶论心曲，四分哀怨六分豪。

溯西陵峡

晓溯西陵峡，连山一线开。
浪抛人俯仰，船逐鸟飞回。
既改江山旧，何须猿狁哀。
知谁试新咏，自有谪仙才。

到茅坪

客怀忽似鹤，入峡舞迎风。
浪蹴千花雨，云深万叠峰。
江流柔绕指，大坝壮横空。
狂作惊天唱，翁心欲变童。

池养中华鲟

些许池中水，江鲟长及寻。
生存非得所，俯仰况由人。
尾动思飞浪，身沉比堕云。
行藏悲似鲫，争食正纷纷。

（一九九八年四月）

水调歌头·访屈子祠

自茅坪溯江而上,到秭归,遂访屈子祠,仍对屈原像行三鞠躬礼。兴建大坝水位将上升,秭归即迁茅坪新址,屈子亦在移民之列。正值橘子花盛开,绿叶素荣,香飘江峡,于斯乃知《橘颂》之真味,恍与先生神会。

曾步汨罗雨,沉醉桂花香。橘子开花时节,又访大夫乡。绿叶素荣可喜,香透春风十里,如酒涤诗肠。切云冠岌岌,眉宇照沧江。 问先生:"可有作,咏春光?""欲向茅坪小筑,正为卜居忙。高峡平湖天际,朝夕行吟坝上,发我醉时狂。"定赋新橘颂,石壁刻华章。

(一九九八年四月)

遥寄抗洪大军

坐不安神卧不宁,荧屏报纸警连声。
洪峰安渡更番喜,险象频生几度惊。
挽臂军民成铁壁,当年战斗继雄风。
还如身在宣传队,呐喊摇旗一老兵。

(一九九八年八月)

述感 二首

(一)

不放阴晴入草庐,逢人眯眼说胡涂。
命悭阿堵行藏拙,才乏公关交往疏。
里巷开谈多苦涩,风楼贪睡入虚无。
料应难作云中鹤,一片冰心在瓦壶。

(二)

清时有味是无能,老去浮名一羽轻。
淡酒浓茶宜独乐,热风冷雨却牵情。
心惊巨蠹吞天势,梦系惊涛坼地声。
毕竟消闲文艺好,秋波唯解媚方兄。

(一九九八年八月)

望海潮·感事

在《我们万众一心》电视晚会上看到六岁半的孤女,叫江珊。她家在长江边,洪水忽来,冲走了妈妈,奶奶把她举上一棵大树,叮嘱她:紧紧抱住树枝,不要往下看,不要怕,等帽子上戴红星的叔叔来到,就得救了。奶奶说罢,也被洪水吞没。经过一夜,果然来了解放军的救生船。

洪水忽来,亲人何在?滔滔地坼天翻。攀缘高树,小女伶仃,如丝一命孤悬。死别记遗言,任鱼龙吼怒,切莫心寒。等待红星叔叔来到救珊珊。　柔肠岂似当年,阅沧桑心境,久息惊澜,一霎荧屏,忽明老眼,纵横泪洒词笺。颤手理哀弦。愿我歌激越,叩响苍天:呼唤真情,安流江海净人间。

(一九九八年八月)

登长白山

山尽白头峡谷深,冲霄地火化嶙峋。
脉连北国千峰秀,势埒中原五岳尊,
昨日弯弓射雕手,今朝擂鼓唱诗人。
乞君赠别将何物?一片相思岭上云。

(一九九八年九月)

一剪梅·感事

报载小江姗和她的姐姐江黎被北京圣陶实验学校接纳读书,一切用度由学校供给,直到初中毕业。

花犯严霜两未残,姐姐江黎,妹妹江姗。惊魂犹自梦狂澜。娘在谁边?婆在谁边? 众手迎来热泪潜,不是家园,胜似家园。母心广大母怀宽,一个屋檐,万里蓝天。

(一九九八年九月)

原始森林戏笔 二首

(一)

不用钻时隧,居然到史前。
此身不是我,一个类人猿。

(二)

宛转怜娇影,狐儿大可人。
聊斋如续笔,倩尔夜敲门。

(一九九八年九月)

江南好 二首

(一)

于长白山天池畔,边防战士赠我一片绿色石子。

一片石,把握手中温。已惜万年春草绿,更怜一寸土如金。多谢守边人。

(二)

天池归途,边防战士赠我一瓶涧水,聊用解渴。

一瓶水,滴滴玉壶心。寒冽乍溶深洞雪,甘甜早蕴杜鹃春。多谢守边人。

(一九九八年九月)

赠钟家佐、罗有群夫妇

情如深谷长流水,健似高山老桦林。
岳外寻山不辞远,白头峰下白头人。

(一九九八年九月)

玉楼春·题长青树

树在长白山杨靖宇将军殉国地。

峻拒珍馐草果腹,眼见封狼皆腐鼠。抛拼热血一腔红,化作冰天无限绿。　　百折千回前进路,莫验史轮凭寸目。人间自有树长青,梦着新花唤灵雨。

（一九九八年九月）

沁园春·长白山天池

白桦青天,秋露寒莎,我来访君。望万年灰冷,连峰负雪;半围日照,断壁融金。欲笑还颦,乍兴犹梦,玉骨冰肌意态真。开妆镜,映一天澄绿,不染纤尘。　　常时隐雾藏云[1],甚老丑咸疏子却亲?憎趋炎眉眼,避闻谄笑,吹虹鼻息,羞对骄矜。万里吟筇,一襟风雨,难得初逢似故人。默俯首,礼大荒神女,邃古诗魂。

（一九九八年九月）

【注】

[1] 天池常云雾密布,闻有高官至此,连日阴霾,怅怅而去。我此行遇到难得的好天气。

浪淘沙四首

(一)

抗洪中,闻有个别官员临阵脱逃。

难将鼠胆对洪流,金印乌纱脚抹油。
仍怕追来湿鞋底,一千里外更登楼。

(二)

在抢险紧急关头,闻个别指挥干部躲进饭店搓麻。

军民百万护江防,雨啸风号簸浪狂。
毕竟指挥难睡稳,抗洪声里打牌忙。

(三)

闻九江一段江堤因偷工减料,致使溃口。

沙基建坝不牢坚,偷把钢筋换竹竿。
豆腐渣许金汤固,难得胡涂是上官。

（四）

无题有感。

官到前沿事可歌，官车如织为什么？
亲民形象劳民甚，生死关头迎送多。

（一九九八年九月）

八声甘州·新加坡漫兴，留别文艺协会诸友

踏青山老去任清狂，人间遍游踪。更素云黄鹤，蓝天碧海，小驻南溟。须信万般浓绿，一半属狮城。掌上来青鸟，人语相迎[①]。　方夜崇楼望远，乱周天上下，灯火繁星。化百年鲛泪，沧海一珠明。纵繁花暂凄风雨，渐浓阴消散入新晴。良宴会，乡音烂漫，倾诉心声。

（一九九八年十一月）

【注】
① 观鹦鹉表演。鹦鹉能唱"客人到我家"，吐字清楚。

浣溪沙·咏蝶

新加坡动物园有一玻璃巨室饲养蝴蝶，万蝶飞舞，与人亲善。

水晶宫中蝶乱飞，翩翩随步复萦衣。相亲更向指端栖。　始信鸥盟非寓话，由来物化在忘机。含生万族本相依。

（一九九八年十一月）

夜泛曼谷湄南河

金涌楼台乍灭明，拍舷缓浪幻歌声。
铅华不染朦胧月，淡抹湄南一带青。

（一九九八年十一月）

帕提亚有感

风狂不敢怨花残，强笑低眉岂自甘！
耗尽黄金虚铸佛，飞来碧眼始为仙。
灯昏歌馆宵声咽，月堕惊涛海色寒。
寄语行人休侧目，公平交易买人权。

（一九九八年十一月）

赠殷之光先生

抽思纵使笔生花,纸上无声未足夸,
君为新诗添翅膀,清音飞入万千家。

金缕曲·石斧,得于宜昌

斑剥天雷斧。阅人间,玄黄史步,几多风雨。炙肉猎余初举火,挥手截蛇殪虎。料曾见,帝车虿雾。鸿水滔滔闻邪许,导江河九地巍乎禹。兴金铁,君其祖。　　地层开掘出灰土。似浸淫,未干手汗,尚温如许。伴我挥毫职镇纸,共我评量今古。清夜寂,听君倾吐。似欲有言仍讷讷,了无华,大类荆山璞。微此子,吾谁与?

(一九九八年十二月)

[附记] 天雷斧,据唐《云山杂记》,古人不知石斧的由来,误以为天上的雷公所造。

元宵饮酒歌

少时好饮酒,一饭数举觞。
老来酒为忌,避酒如避汤。
人生百忌无不可,忌酒使我失乐乡。
无酒春不暖,无酒花不香,
无酒食无味,无酒歌不狂,
无酒无佳句,拈髭三日搜枯肠。
今夕元宵月下坐,无酒干嚼开心果。
老伴忽施法外恩,不喝白干制曰可。
葡萄酒滴珍珠红,鲜啤翻花澄琥珀。
举杯邀月向天边,月在杯中对我乐。
酒光潋滟影迷离,杯里难分月和我。
思绪渺渺恣回翱,五十年前度元宵。
邻舍无灯云遮月,漫漫大雪压衡茅。
撼户摇窗风似鬼,严城远近闻狼嗥。
茫然四顾问安适?半壶冷酒读离骚。
二十年前殪四凶,鱼归江海辞煎烹。
劫余第一元宵夜,哀丝豪竹歌月明。
天宽地阔诗人老,秃笔更作峣田耕。
今宵之酒何清冽,如遇故人经久别。
万家灯火月中天,往事如烟发如雪。
我欲飞天怀抱皎皎之冰轮,
下视地球犹如青玉之罍樽。
五洋四海化春酒,酌我大寰亿万之生民。
高歌憨笑陶然扶醉,同叩世纪之金门。

老伴说我别犯傻，如此祝愿太廉价。
既醉不如撒酒疯，拍案击节高歌兼笑骂。

（一九九九年二月）

湘游漫兴 五首

题六朝松

生机万古总无穷，几度沧桑霸业空。
京洛早墟双凤阙，云山犹绿六朝松。

参观汉代简牍展览

简牍艰难重士林，文章百炼出精金。
而今贱煞洛阳纸，聚似浮云散似尘。

偶 感

几许春愁忆往年，花开花落浩如烟。
重寻岳麓山中路，丝雨迷茫叫杜鹃①。

登南岳祝融峰

长松十万啸天风,路转山回上祝融。
行到眼空无一物,始知身在最高峰。

吃湘菜,戏作

厨师劝我尝一尝,无辣怎知湘菜香?
不是老夫偏忌辣,早将辣妹嫁文章②。

（一九九九年四月）

【注】
① 忆一九八九年春过长沙事,
② 俗称小盘辣椒为"辣妹子"。

后移居诗 十首

一九九二年八月,移居方庄,作移居诗七首。一九九九年春夏之交,复移居蓟门桥畔,迁延数月,吟诗写怀,消乏遣闷,得诗十首。命曰"后移居诗"。

揖 别

别矣龙潭湖畔宅,移居今近蓟门桥。
远离鱼鸟长相忆,老念儿孙近可招。
翠柳倘来鹂唤杜,黄花且待菊怜陶。
萍身偶寄随流水,猛忆危槎犯海涛①。

回 眸

六十年来九度迁，梦痕渐远半如烟②。
穷阴散去花铺地，老鹤归来歌满天。
明月何曾随逝水？春风最解绿家山。
五千言尽情难尽，底事骑牛却出函？

辞 岁

每逢辞岁感蹉跎，不饮屠苏饮碧螺。
慵逐时髦贴倒福，为消垒块发长歌。
钱逢卜宅方忧少，书到搬家始恨多。
爆竹无声良夜静，满城灯火乱银河。

物 情

酷似临歧未忍分，依依物我两相亲。
青毡纵敝留尘梦，白扇难捐带手温。
褪颖毛锥清似叟，无声瓦缶穆如宾。
箱藏车载相将去，应笑先生老未贫。

瓦 石

书柜杂陈一角宽，携来燕石胜屿璠。
半痕金字云边塔，盈握檀香海上山。
断甓沉沙悲古国，名园遗瓦泣宫鬟③。
萍踪历历凭追忆，风雨前行未惘然。

客 至

高谈朗笑众声哗，阵阵门铃客到家。
老友拍肩叹华发，诗朋叉手赞新茶。
弹筝共赏渔舟晚，秉烛不知月影斜④。
人去夜阑情未尽，案头留赠数篮花。

名 室

天地于人为逆旅，人于天地只毫芒。
悠悠世代千年瞬，默默书灯一穗光。
谀世生憎夸巧舌，多艰不悔剩刚肠。
蓟轩横额劳中石，大字颁来墨尚香⑤。

夜 思

窗影移花春夜长，新居安稳得徜徉。
史披博浪宜浮白，诗咏无题胜爇香⑥。
每向停云参幻化，定知萤火蕴辉煌。
风前未烬烧天烛，犹作微红破晓光。

繁 忧

美刺颉颃肇孔丘，燃犀莫笑杞人忧。
狸奴偏护官仓鼠，明月常依绮陌楼。
仙管但吹花似锦，盲风准警浪沉舟？
香山老去难高枕，吟续秦中未肯休。

嘶 风

每将愁眼望寰中，家似横流泛短篷。
生怕黄金真醉骨，依然白刃伺屠龙。
剧怜野草春前绿，更爱桃花洞外红。
云月八千一骥老，不堪历块尚嘶风。

（一九九九年三月至六月）

【注】
① 指一九五三年夏浮海赴烟台事。
② 我自一九三七年底定居北京，于今六十多年了。
③ 我每到一地，惯拾瓦石留念。诗中所写瓦石：埃及金字塔石片（儿子拾来），美国檀香山海滩石子，宁夏夏王陵遗址断砖，北京圆明园断瓦（瓦上黄琉璃釉，作美人头形）。
④ 老伴学弹筝，已能奏《渔舟唱晚》。
⑤ 老友欧阳中石为书"蓟轩"匾额。
⑥ 无题，指李义山《无题》诗。

吃竹虫

于昆明筵上，庖人进炸竹虫一味，虫状甚丑。或不敢下箸，余泰然嚼之。

有虫如稻螟，体软长盈寸。
穿竹入竹心，窃国居然朕。
以竹为珍馐，以竹为衾枕，
以竹为厅堂，以竹为藩溷。
竹虫泰而康，荣养日肥腯；
竹君苦难言，凋零日委顿。
竹质坚如石，钻凿费刀刃；
竹腹唯清虚，膏脂了无蕴；
竹叶作酒名，苦涩与诗近；
竹肤瘦无肉，只堪书孤愤。
胡为亦遭蛀，枯死化灰烬？
虫也何不仁，造物何太忍！
谣诼妒蛾眉，鞭笞辱神骏，
贤作汨罗鬼，圣遭陈蔡困。
岂独竹为然，绵绵千古恨。
庖丁发异想，捉虫就烹饪。
袅袅倩妆女，手捧玉盘进，
油炸千百虫，灿灿焦且嫩。
或惊瞠其目，视虫毒如鸩；
或憎欲作哇，视虫秽如粪。
我谓虫大恶，逍遥法不问。

而今已就烹，释我心头闷。
嚼之以下酒，丑类化清韵。

（一九九九年六月）

荔乡行 五首

访黄道周纪念馆

动似鹏骞静似山，书声剑气壮东南。
吾民代有铮铮骨，撑起神州万里天。

过木棉庵

公平史谴懔其严，岂复秋虫斗半闲①。
骨已为尘遗秽在，清风不扫木棉庵。

天福茶庄饮茶

乌龙紫盏袅茶烟，喜得壶中半日闲。
九十九峰青入座，相逢一笑是梁山。

游乌山荔枝园

紫微山上荔枝海，绿树漫山作海涛。
天以奇观迎远客，玉环十万袭红绡。

访厦门郑成功纪念馆

儒冠脱弃愤从戎,汉帜堂堂海峡风。
三百年来论英杰,买丝绣作郑成功。

(一九九九年七月于福建之漳浦、
东山、漳州、厦门)

【注】
① 贾似道在杭州之葛岭筑半闲堂。襄樊告急不报,方与姬妾斗蟋蟀为戏。

念奴娇·海滩夜话

滩头相会,有大海、明月和我。月道先生老仍健,白发飞腾如火。银汉风凉,桂花开了,天上颇不恶。任君挥洒,水晶八面楼阁。　　海谓高处多寒,不如请到,鳌背逍遥坐。簸浪黑风吹白雨,诗酒供君欢谑。我说勿须!正宜夜话,解我人天惑。矿泉水美,放怀无限空阔。

(一九九九年七月,烟台)

悯虫 二首

（一）

　　一只小蝉自玻璃窗高处直坠桌面上。长仅盈寸，全身铁灰色，振翅难起。

　　青蝉小小坠窗前，振翅思飞欲起难。
　　断续吟声凄似诉，不知所诉更堪怜。

（二）

　　一只大蛾，修长及二寸，身与翅一色海青，略有黑斑，后翅有长缀。只因伊头上有蛾眉，不是卷须，知其为蛾，有别于蝶。隐身花叶间，见到时仅存残息，只蛾眉微微点动，昆虫界一颗美丽之星就这么陨灭了。是不堪风雨的摧残还是厌恶尘世的污浊，谁知道呢？

　　密叶藏身半死生，人来拨叶已无惊。
　　蛾眉向我微微动，似谢诗人为送行。

（一九九九年七月，于烟台）

访贾公祠 二首

唐贾岛祠遗迹在房山区石楼镇，衣冠冢亦在焉。禾黍离离，仅存清康熙嘉庆二碑，一立一倒。

（一）

遗迹寻祠庙，离离禾黍秋。
蒸尝久芜废，碑字费推求。
诗卷留天地，高星耀石楼。
喜闻贤父老，重建运新筹。

（二）

掠鬓西风起，怆然阅古今。
衣冠随逝水，官阀没荒云。
一客传佳句，千秋拜墓门。
乃知天纵妒，民意重诗人。

（一九九九年八月）

水调歌头·登黄鹤楼

中秋后一日,登黄鹤楼,日落而返,不及见月。黄鹤,我当它是诗的精魂。

缥缈楼高处,三镇览风华。西来雪浪干叠,秋色冷龟蛇。弥望佳城锦绣,天际连云广厦,灿烂错云霞,高处胜寒否,我欲泛星槎。 舞天风,吹玉笛,落梅花。何曾秋水逝去,江海浩无涯。渺渺白云飞度,如泣如歌清唳,黄鹤早还家。齐唱中秋月,铁板共红牙。

(一九九九年中秋,于武汉)

寄汝伦兄

不见李生久,江风感客心。
清秋徒望月,黄鹤定思群。
风雨千行泪,樽罍百劫身。
即当辞药鼎,兵马更论文[①]。

(一九九九年中秋,于武汉)

【注】
① 兵马,北京北兵马司胡同。

望海潮

欢庆建国五十周年。忆一九四九年开国大典,心潮澎湃,有作。

晴空黄瓦,白鸽绿树,歌潮旗海天安。"中国人民,站起来了!"一声动地惊天。含泪看人间:拼百年碧血,推倒三山。赤子情怀,红灯一曲谱狂欢①。　　回眸五十华年,似黄流九曲,带雨挟烟。暂锢穷阴,旋生春水,好风疾驶千帆。江海祝安澜。看天高地远,骥骤鹏搴。沉醉不须美酒,华发变朱颜。

(一九九九年国庆)

【注】

① 开国时,我以群众身份参加盛典,写过一首小诗《红灯颂》。

栖霞秋兴 八首

宿金陵栖霞古寺留题

星槎小驻石头城,为爱栖霞风物清。
缥缈旗幡映山色,晨昏钟鼓和松声。
灵花欲向筵前坠①,新竹还从雨后生。
世路茫茫挥手去,云涛千里大江横。

夜 雨

数椽僧舍堕云烟，佛火依稀照夜寒。
清梦入诗诗入梦，潇潇瑟瑟雨鸣檐。

山 行

自寺后登山，天阴雨湿，林深苔滑，泉水潺潺随石径纡曲，如置身于绿色的水晶洞窟。

老妻扶我入山行，一路泉声和雨声。
万木已遮天地绿，又来将绿染诗情。

无 题

栖霞寺后千佛岩，始于南齐永明二年，距今约1500年，石佛550多尊，毁于"文革"，大半被斩首或伤残肢体，惨不忍睹。

石佛无辜亦丧元，焚坑盛业史无前。
赫然三百无头像，忍付昭昭后世看！

拜观灵谷寺唐玄奘头顶骨

高行岂止仰僧俦，飞尽劫灰灵骨留。
如访慈恩千载上，迷离灯火说西游[②]。

观《瘗鹤铭》原石

石在焦山碑林，往岁曾来，惜未一见，今始得赏。

老来犹自梦焦山，逝鹤悠悠隔远烟。
久伫碑林寻点画，秋衣雨湿不知寒。

题乌衣巷

诗忆刘郎梦已赊，秦淮灯火灿如花。
楼台栉比乌衣巷，都是寻常百姓家。

自 嘲

歌凤屠龙违世情，万端忧乐老来平。
余生自问应何似，半是诗人半是僧。

（一九九九年十月下旬，于南京栖霞寺）

【注】
① 寺内设中国佛学院分院。
② 玄奘回国后，在长安慈恩寺译经。

金缕曲 并序

明亡后，李香君在栖霞山葆真庵出家，事见孔尚任《桃花扇》。作者在"桃花扇凡例"里说："朝政得失，文人聚散，皆确考时地，绝无假借。至于儿女钟情，宾客解嘲，虽稍有点染，亦非子虚乌有。"在写香君出家一折下注"乙酉七月"（顺治二年，1645），有地有时，言之凿凿。

但《桃花扇》毕竟是文学作品，关于李香君身世最可靠的史料首推侯方域的《李姬传》，惜过于简略，且未谈及香君的晚岁生活。《板桥杂记》记香君事，全袭侯文，只是多了夏灵胥的《青相篇》里关于香君的诗句，有道："风弦不动新歌扇，露井全飘旧舞衣，花草朱门空后阁，琵琶青冢泣明妃。"足证香君不曾再涉繁华，是在冷落与苦闷中度过晚年的。

《李姬传》称香君"侠而慧"，赋性软弱的侯公子当有切身体会，香君曾帮助他摆脱阮大铖的圈套。明亡后，侯方域丧失气节，应河南乡试，中副榜。香君对此必定不会泰然接受，出家也许与此有些关系吧！欧阳予倩话剧《桃花扇》，写香君为侯方域的变节感到莫大的羞耻，说是倾尽长江的水也难以洗净，应是香君性格的自然发展，不是外加的政治尾巴。

我无意于考证李香君的身世。我喜爱李香君这个艺术形象，喜爱她的慧心侠骨。写词，这就够了。东坡知赤鼻矶不是孙曹鏖兵的赤壁，有《东坡志林》、放翁《入蜀记》可证，还不妨巧用"人道是"的障眼法写"大江东去"，况香君在栖霞的行止大都可信呢。

1999年10月下旬，应隆相法师之邀，访南京栖霞古寺，盘桓数日。寺之侧畔有新建的"桃花扇亭"，遂去寻访。这一天，下着凄凄的秋雨，老伴儿陪同我循着一条纤曲的山径走上去，路旁茂密的草树尚未着霜，湿漉漉，绿阴阴的。叶尖淌下的雨滴也染绿了，像是绿色的珍珠。时有白色小蝶双双飞过，大约是雨气潮湿了翅膀，飞得迂回柔缓，情致翩然，像是自愿充当我们的导游。

山回路转，见一座空亭倚在苍崖之下，包裹着漫天漫地的绿色，缠绕着千条万线的雨丝。旁边是一条深涧，潺潺的涧水和一两声鸟语越发衬出山中的寂静。亭子周遭上下，种的都是桃树，想春天桃花开时，亭子会埋在万重锦绣之中了。我登上亭子，茫想古今，神飞心醉，捕捉一时的感受，写《金缕曲》。

  花月惊鼙鼓。咽秦淮，玉箫尘委，罗衣血污。如梦佳期成惨别，忍对觅侯夫婿。向幽壑漫寻麋鹿。痴想游仙尘海外，任天风吹断愁千缕。吹不断，三更雨。 人间俯仰成今古。引游踪，双双小蝶，径莎披绿。叶落空亭风自扫，环护桃花万树。想春日，漫山红雾。明月笙歌花作幛，铺落英三寸隔尘土。舒翠袖，看君舞。

（一九九九年十月，于栖霞寺）

桂平杂咏 五首

一九九九年十一月下旬，应邀赴南宁，游北海，访桂平之西山。

水调歌头·北海银滩遐想

信步天南北，北海看南云。岁寒却复朱夏，滩色判金银。平抹晴沙如雪，万里风澜澄碧，一羽百年身。痴绝盟鸥想，白首未知津。　　潮声缓，若浅笑，若轻嗔。若听娓娓童话，偎梦母怀温。恍见如轮老蚌，孕育明珠如斗，跃出海波深。照世长不夜，大宇灿晶轮[①]。

【注】
① 北海地处合浦，秦汉以来即以产优质珍珠著称。

题龙麟松

鳞甲翕张欲化龙，碧涛如海啸天风。
折腰不为趋权贵，来拜西山十万松。

饮乳泉水

人弃偏劳地母怜,偏尝世味厌辛酸。
白头饮我乳泉水,心似婴儿返自然。

访金田有感

半借人心半借神,金田星火赫燎原。
龙飞若使君天下,又一王朝虐下民。

泛舟桂平大藤峡

月色朗新晴,轻舟泛大藤。
滩逾巴峡险,山似桂林青。
拾趣偷拍照,谈诗漫剥橙。
江声几歌哭,浩浩古今情。

醉石歌

赠钟家佐兄

邕城冬暖饶佳色,醉石斋中来作客。
诗云一日等三秋,三年已是十年别。
君诗清旷匹天籁,君书流转泉飞壑。
谈诗论字兴未阑,更赏藏石骇奇绝。
藏石累累列高橱,未许书册专城居。
大者坐地分疆土,五岳缩微入室庐。
厥色幽深多苍紫,沉霞染就黑珊瑚。
中有白者何高洁,明月照射沧海珠。
厥形百态多奇变,或如革履或如砚。
或如惊马仰长嘶,或如悬泉奔注涧。
或如将军环铠甲,手捋须髯抚长剑。
或如混沌诞初民,蓓蕾乍开现伊甸。
有石浑圆大如斗,石纹构字俨然"寿"。
更书主人姓名无少差,天赉贞祥宜拜受。
石兮石兮!
汝非稻菽不疗饥,又非珠玉非珍奇。
世俗掉头不肯顾,自非达者谁知机?
尘海沉浮生百幻,大地为母石不移。
抽思悠悠入太古,中有至美非人为。
醉石斋中灯一穗,醉石先生方假寐。
石似儿孙绕膝来,或搔腰腿或扒背。
平时百忧挥不去,此刻欢愉沁肝肺。
小饮一盏乳泉茶,颓然高卧石间醉。

(一九九九年十二月)

驼铃篇

　　宝鸡汪霞先生赠我一幅汉砖画像拓片，托江婴君带来，又托成纲君转至我手。拓片上只有一头骆驼和一个牵驼的人，无文字说明。砖，想是两千余年前故物，前此所见许多石刻画像，没有这一种，为丝绸路上所独有。汪霞先生以其珍奇而赐赠也。灯下展玩，忽发茫想，漫笔为诗。

　　　　叮咚闻驼铃，苍茫自先古。
　　　　如柝咽深宵，如蹬叩空谷。
　　　　一驼步跚跚，一人行踽踽。
　　　　一驼共一人，形影何茕独！
　　　　问驼何所之，铃语驼不语；
　　　　问人去何处？摇头不知处。
　　　　唯知向前方，前方有乐土。
　　　　那边花不谢，长在枝头住；
　　　　那边鸟不惊，唱歌胜丝竹；
　　　　那边多金银，楼阁黄金铸；
　　　　那边出百宝，广陌铺美玉；
　　　　那边无残杀，囚笼锁豺虎；
　　　　那边无欺凌，四远皆亲故；
　　　　那边有真情，情人成眷属；
　　　　那边有好诗，随口追李杜。
　　　　何不裹糇粮？途远宜轻负；
　　　　何不暂停歇？停歇恐延误。
　　　　前路尚多长，但行不计数，
　　　　行行重行行，行行不息足。

悠悠千载下,熠熠书舍烛,
渺渺闻驼铃,茫茫人生路。

(一九九九年十二月)

世纪颂

世纪洪钟撼世声,欢歌如海写豪情。
花开碧血江山丽,风扫阴霾玉宇清。
指日神州辉满月,垂云大翼起高鹏。
岱宗试向明朝望,拔地参天未了青。

(一九九九年十二月)

[附记] 一九九九年十二月三十一日夜,在首都各界迎接新千年和新世纪庆祝活动上,1000名少年儿童朗诵。

逐日图歌 并序

　　美洲印第安人的祖先是来自亚洲大陆的黄种人。《山海经》里"夸父逐日"的故事，并非纯属神话，《山海经》文字及山海图都可以清楚地探寻出这一史迹的信息。中华先民东渡美洲的史迹虽仍有许多空白尚待研究，但基本轮廓已经浮现。著名画家侯一民老友，以拓印新法熔中西画艺于一炉，据此创造了巨幅《逐日图》。绝大笔力，绝大胆识，真足以惊天地而泣鬼神。观后深受感动，为作《逐日图歌》。

万八千岁开鸿蒙，泣为江河息为风。
天高地旷盘古死，玄黄龙战谁为雄？
炎夷弃甲曳兵走，辗转万里西复东。
伟哉夸父为之首，越峡远逐日瞳瞳。
大洋彼岸繁生息，印第安人传其宗。
夸父逐日岂神话，《山海》图录留遗踪。
征之实物若合契，中外考古渐认同。
侯君泼墨构奇想，檐花夜雪春又冬。
深宵捧砚来山鬼，墨海作浪腾螭龙。
解衣磅礴忽大笑，丹青伟力移时空。
中厅列幛十七米，雪山冰海青蒙蒙。
极光如带连亚美，白泠陆桥相联通。
夸族东徙艰行进，茫茫古雪添人踪。
随身什物何丛杂，麋驮犬曳奔匆匆。
健儿辟路迎朝日，一一影像雕青铜。
兽皮遮体草裹足，头饰三羽摇蒙茸。
同俦负载步迟重，蹒跚老母携儿童。

严寒彻骨困娇女,偶露半面如芙蓉。
白须一丈夸父老,烂烂岩电明双瞳。
渺茫远史得再现,追寻古梦摹形容。
尔后三千五百载,美海始拂欧帆风。
先民伟烈惜泯灭,坐使后者夸奇功。
殖民肆虐猛于虎,劫掠百宝成丰隆。
钩爪锯牙肆杀戮,孑遗寥寥悲途穷。
侯君作画如著史,拾遗聊补太史公。
我读此画三叹息,弱肉强食今古同。
呜呼!万古崇山裂海峡,胡为人道一而终?
我愿万族相亲如手足,乔木寸草同春荣,
粪除战场树芳草,人间遍筑康乐宫。
京门大雪迎新岁,天地皓皓旋飞琼。
缪斯不约而来访,暖茶凝碧花朦胧。
漫作长歌题《逐日》,诗心跃跃不知翁。
我诗字字行行飞腾逐日去,
化作白雪片片尽染朝霞红。

(二〇〇〇年一月)

重到香山

五一节同阿龄住香山老年公寓。

二十年来白发侵,香山犹是旧时春。
落花无语追前梦,好鸟多情唤故人。
乐为枯鱼终得水,愁如冷月半藏云。
一庵会向林泉老,绿野清风著此身。

(二〇〇〇年五月)

书所见

题香山杏林山庄。

何处春光十倍加,白云芳树隐檐牙。
无人知是神仙府,阵阵清风落杏花。

(二〇〇〇年五月,香山)

绿阴曲

题八中校园照片。四十多年前,我同阿龄初识于此。此曲是我自制的。

那一条小路,当年足迹,往来多少缠绵。一角红楼,清宵细雨,难忘梦里灯前。莫道花随流水去,向心头留影堪怜。一帧小照,追怀默对茶烟。　　记那天日晚,望中芳草,夕阳淡染春衫。蝶趁轻车,巾沾热汗,归来一笑嫣然。清水黄尘一弹指,任东风笑我华颠。暮然见,旧时庭院,阴阴万绿摇天。

（二〇〇〇年五月）

题《竹狐图》

一民以《竹狐图》赠我。竹狐同图,古今罕见。这幅奇图,逗出我一首寓言诗来。

有狐绥绥来,来自古寓言。
吃不着葡萄,曾说葡萄酸。
这回大快意,身在山之巅。
万物伏脚下,俨然握王权。
忽向近旁看,有大竹一竿。
凤尾拂云霄,百尺青琅玕。
狐狸冲冲怒,与竹不共天。
举爪抓竹干,干如岩石坚;
张牙啃竹根,根如钢丝缠。
爪牙不奏效,改用下水道;
洒向大竹身,一泡狐骚尿。
为怕有人见,尿罢忙溜号。
边走边嘟囔,狐言撒一道:
"无竹令人俗,苏诗应改调;
一枝一叶情,郑画也胡闹。
什么君子风,原来是假冒。
我从竹旁过,掩鼻急忙跑,
惹得一身骚,洗也洗不掉。"
大竹摇天风,不言也不笑。

(二〇〇〇年七月)

自题小照

应《随笔》作。

逐日敢辞夸父杖,迷阳难饰美人衣。
三生石上刊忧乐,十字街头问是非。

(二〇〇〇年七月)

点绛唇·海滩漫步

海上风来,黄昏一霎吹凉雨。鸥盟燕侣,片片云霄羽。 莫道人间,草草成今古。方凝伫,晚潮如诉,犹唱阿瞒句。

(二〇〇〇年七月,北戴河)

百里红叶歌

访山西陵川县百里云霞红叶区，天尚暖，霜未重，娇红浓绿，蔚为奇观。

忆昔香山卧高秋，风雨乍霁恣清游，
曦辉烛火继朝夕，白云红叶围书楼。
登山采叶新霜后，珍藏数片至今留。
开封每见长叹息，殷红依旧人白头。
今到太行深山里，黄栌遍山一百里。
夺火岭上红叶节，岁岁逢秋盛无比。
晓行碾雾车如飞，越涧攀崖乍明晦。
闻道霜轻木未寒，私憾天公不作美。
岭头停车眺连峰，忽如岩电明双瞳。
秋山遍访几回见，点点娇红万绿丛。
转觉一色嫌单调，风情万种劳神工。
魂惊魄悸忽自失，秉笔欲写愁词穷。
如剪云霞铺大地，岩壑周覆不须缝。
如泼重彩染巨海，锦涛五色灿晴空。
如帝开筵舞魔女，抛花万亿赤黄青绿徐回风。
如遍地洒玄黄血，张鳞奋甲云端战死坠蛟龙。
红颜健步登峻坂，黄发嬉闹皆还童，
或拾落叶缀为饰，或尝野果丹砂红，
或呼俦侣共拍照，或卧芳草思朦胧。
凝神叉手诗思涌，妙句天成所获丰。
信步远及情人岭，云深路渺迷仙踪。

游兴未阑日将暮,归路茫茫裹红雾。
相视大笑鬓发红,回头不辨红霞与红树。

(二〇〇〇年十月,于山西)

记吃蟹

中秋后一日,傍晚客来访。
开门见侯君,含笑眉宇朗。
携来胜芳蟹,吐沫吱吱响。
而今横行族,身价高难仰,
久乏持螯兴,感子奇珍饷。
就座饮碧螺,开谈笑兼嚷。
话旧多悲凉,枯鱼幸脱网,
诙谐及民谣,玩偶视魍魉。
小碟罗姜醋,长瓶泻佳酿。
灼灼蟹壳红,热蟹盘中躺。
黄膏似玉莹,白肉如雪爽。
尝此一味鲜,百味俱失赏。
无怪红楼宴,能受擎儿奖。
戏和咏蟹诗,冷峭空依傍。
笠翁著"闲情",文笔颇酣畅,
狂掷"买命钱",佳处却难讲。
侯君丹青癖,展纸忽技痒。
我以诗题画,兴发如追抢。
只疑盘中蟹,郭索缘纸上;

又疑手中杯，酒化诗行淌。
掷笔相视笑，物我两相忘。
世上孰最乐？知音有三两。
他年视今宵，真情慰追想。
飒飒夜风凉，嘈嘈百虫唱。
长空浩如海，明月光晃漾。

（二〇〇〇年十月）

醉花阴·雪

雪意清空人意远。手把碧螺盏。默看水仙花，细细花香并入茶香暖。　　万户梨云飘满眼，惜把青丝染。迥异少年心，又盼春来又盼春行缓。

（二〇〇一年元月）

新年题画 六首

二〇〇一年，适当阿龄和我金婚之年。伊赠我一张贺岁卡，上面用电脑绘制五幅图画，记共同生活五件事。因缀以小诗。

初 恋

五十年代初，我写的剧本《青年游击队员》上演。那天傍晚，我们同去看演出。途中在北海公园内桥头小伫，一时情景，拟以明月生香，彩云凝睇。

　　北海桥边花满枝，此情如梦亦如诗。
　　窥人唯有黄昏月，杨柳梢头初上时。

共 饭

不馋未必真豪杰，贪嘴为何不丈夫。我嘴馋，共饭为我们恋爱生活的一个重要内容。但阮囊羞涩，只能小打小闹。结婚后夫吃妇随，虽仍习于小打小闹，倒也颇得吃趣。伊饭量小，而且颇有谦让之美德。我爱吃的菜，她一定说"不爱吃"，让我吃个够。贤哉，妇也。

　　奈何馋口却羞囊，共饭时临小店堂。
　　一味到今香齿颊，焦熘肉片饼家常。

互 助

近年伊学会使用电脑了。我高度近视，伊为我打印诗文，既雪中送炭，又锦上添花。老有所乐，乐在忙中。我们仍如马未解鞍，没有离退的感觉。书斋蓟轩，不亚于一个小小诗文作坊。

伊能电脑打文章，我草新篇短复长。
老骥何曾真伏枥，蓟轩浑似小作坊。

共 舞

我不能舞，也不爱舞。但伊能且好之。受伊的言传身教，我也翩翩而起了，而且艺低人胆大，音乐一响，舞步随之，颇不怯场。最喜爱的是慢华尔兹。

清晨偕步到公园，缓拍轻歌趁笑颜。
白发书痴新学舞，伴伊已解作胡旋。

旅 游

我们有个共同爱好是旅游。老去登临能几何？乘腰腿尚健，颇有漫游欧洲之想。

书城坐守锢如囚，老去相携得漫游。
纵目仍嫌五湖窄，星槎明日到西欧。

补 遗

伊的图画遗漏了一幕"文革"场景，特为补之。

风狂雨暴落花身，以沫相濡得幸存。
噩梦偏遗知有意，不将泪染白头吟。

（二〇〇一年元旦）

咏史 二首

有感于徐福事

智士偏披术士衣，黠于贪虐见生机。
垂髫五百供繁息，弱水三千隔乱离。
论事惜疏司马史，避秦应胜武陵溪。
可怜引领长生药，魂断辒凉附臭归。

有感于《长恨歌》

万种风情长恨歌，蔷薇绰约刺偏多。
直言重色思倾国，更责播迁厄马坡。
宫掖百年宁弗讳？逆鳞三尺犯无讹。
白公若在雍乾世，尸戮族诛血作河。

（二〇〇一年二月）

悲 感

粤庆嫂寄来贺岁卡，上面印着一新学兄自书《华山歌》遗墨，读诗怀友，良多悲苦。

怀君三读华山歌，素雪云飞感慨多。
相聚京门曾共砚，重逢粤海忆同车。
国风振起才萍末，酒盏伶仃奈月何？
梅棣真情评杜泪，长留天地不消磨。

（二〇〇一年二月）

[附记] 一新有诗词集《梅棣盦吟稿》，他著《杜甫评传》数百万字，曾感而流泪，以致目疾。

韩祠断碑行

潮州韩文公祠里陈列着几块断碑的碎片。原是苏轼撰的"潮州韩文公庙碑"。苏书的碑早已失存，这碑是后人重写的，仍然受到州人的珍爱，置于苏亭。"文革"中被砸毁。我来谒韩祠，对之惨然，发为长歌。

韩江湛湛韩山春，万里来拜韩祠门。
琳琅碑版嵌廊壁，一碑断裂讶犹存。
玻璃罩护高台供，非金非玉伊何珍！
细看楷则颇端谨，断行缺字不成文。
一叟相迎为我语，欲泣眼枯无泪痕：

苏撰韩碑二美俱，巍巍岱华双峰尊。
遗爱千载长护惜，山亭时覆垂天云。
那年阴霾暗塞城，兰摧桂折旋飞蓬。
高帽鸣锣长街走，满墙大字如刀丛。
狂人汹汹破门入，口宣语录臂章红。
斧斫锤砸碑立碎，狼牙虎爪无完形。
夜深人寂独来吊，空亭月冷鸣哀蛩。
一碑扑地乌足道，横流九域吾道穷。
儒冠博带遭横扫，图画凌烟受炮轰。
焚书无算逾秦火，横扫千古悲虚空。
九死不图有今日，峨冠岌岌塑韩公。
荔丹蕉绿足佳色，红牙铁板歌春风。
我闻翁言忽哽咽，悲耶喜耶两纠结。
老来荒梦渐如烟，不堪重温心胆裂。
碑兮碑兮奈若何，愿示来人以残缺。
呼天欲语听无声，断处涔涔尚流血。

（二〇〇一年三月）

［附记］蒙潮州市韩愈纪念馆馆长曾楚楠先生函告：苏轼手书的韩庙碑于宋崇宁二年被毁，后人所写韩庙碑不只一块。元至正年间潮州路总管王翰主持重刻一碑，"文革"中被毁。今陈列在庙内玻璃罩中的即此碑之碎片。

云锦杜鹃歌

燕山风雪度岁寒，红泥盆中看杜鹃。
江南山行偶相遇，杜鹃成丛不成树。
春风吹我上天台，拨云披雾看花来，
攀缘四万八千丈，忽讶天地着花埋，
杜鹃树高多逾丈，著花纷繁如锦幛。
一树老干矫如龙，树龄已在千年上。
悬肠百转陟苍崖，飞升信步入烟霞。
云动千枝摇暗影，风吹两袖乱飞花。
应是天帝大笑雷电烈，惊动天上花园无量数蝴蝶，
如海如潮下大千，轻红粉白枝头歇。
应是嫦娥寂寞习丹青，戏将彩笔乱染九天浩瀚之繁星，
以指弹天星震动，纷纷坠落随天风。
应是诗神漫游曾到此，狂歌如瀑直下三千尺，
一枝一萼一句诗，题诗不用人间字。
应是维摩天女散花如雨坠纷纷，
散如徐回之舞袖、聚如凝定之停云。
众生看花皆得大自在，除一切苦无烦心。
我如吃了长生药，风前白发纷纷落。
忘天忘地忘古今，忘老忘忧忘自我。
我身非我竟为谁？化为万亿花片翩翩飞，
花中有我花不觉，我中有花我不知。
昔日刘郎天台逢仙女，今日刘郎天台赏花亦奇遇。
但愿花开无谢时，人间遍是天台路。

（二〇〇一年五月，于天台）

天台，寿孙轶青先生八十华诞

不饭胡麻也是仙，诗书自适足长年。
年方八十何曾老？信步青山看杜鹃。

（二〇〇一年五月）

疏　影

　　天台之国清寺有隋梅，干如虬龙，绿荫半庭。"文革"中忽委顿不花，今又复荣。我来已逾花期，从照片看，春初开花无数，梅不自知人亦不见其老也。

　　绿深梵宇，恰暮春时节，客中相遇。一笑嫣然，千遍花开，耐得千年风雨。骚人高咏征人叹，问多少，匆匆来去。想苔柯，盘屈虬龙，曾是谪仙拍抚[①]。　　见说十年憔悴，无花稀著叶，早凋霜露。浩劫飞灰，九畹旋蓬，清泪盈盈凝伫。穷阴灭尽繁花发，了无痕，归时凄苦。倩何人，使酒生狂，为补灵均愁赋[②]。

（二〇〇一年六月）

【注】
① 李白重游天台。
② 《离骚》遍咏群芳，不及梅。

欧游杂咏 六首

浣溪沙·郊区小旅店

脉脉夕阳慰客情，阴阴绿树掩门庭，碧睛金发笑相迎。　一影穿廊猫步懒，数家敲梦犬声清，晓花如玉露如晶。

（写于罗马）

减兰·题但丁故居

佛罗伦萨，石路萝扉浑似画。夕照残墙，八百年前旧日窗。　醉吟神曲，碧落黄泉何处路？玉佩云鬟，知在人间不在天。

（写于佛罗伦萨）

一剪梅·题天鹅照片

高下迷离看未真，天上白云，水上鹅群。一团白雪认衣裙，可是波神，可是诗魂？　不解惊猜爱近人，眼角温存，口角轻吟。何须相识始相亲，万里思君，倩影随身。

（写于斯图加特）

沁园春·题一片白天鹅羽毛

基姆湖边，散步拾来，一羽鹅毛。想抟风拍浪，几多珍惜；贴身护暖，岂肯轻抛？邂逅天涯，锵然遗佩，白雪分明掌上飘。藏行箧，似飞仙伴我，万里游遨。　　书窗略释萧寥，添烂缦晴云一片娇。梦长鸣跨海，无涯烟水；高飞抱月，万古云霄。相爱相亲，寰球羽族，举翼连翩竞比高。怅遥远，嘱征途莫忘，窥伺鹰枭。

（写于基姆湖）

题斗兽场铺路石

唏，众神醉如泥，
天上无星月，地上无犬鸡。
我起叩石问，潸然泪双垂。
石唇忽颤抖，石心忽大悲，
痛哭如狼嗥，欲语声已嘶。
断续闻数字，惊心如震雷：
"人啊别这样，这样何人为？"

（二〇〇一年七月）

【注】
① 克洛赛(Colossco)，古罗马竞技场，或称角斗场、斗牛场。建于两千年前，约相当于中国的东汉。

鹧鸪天·无题

幽谷春烟袅女萝,寒山白雪耀冰河。云衣未许遮明月,明月飞来浴海波。　　披幻彩,伴轻歌。碧城不禁舞天魔。夏娃当日居伊甸,讵识人间有绮罗?

(写于巴黎)

水调歌头·咏玉蜀黍

今秋回了一趟老家。离家六十年,人物全非,大有烂柯之感。带回来几穗玉蜀黍,挂在墙上,以慰乡思。玉蜀黍,俗名苞谷、玉茭,我老家叫棒子。棒子面蒸成的窝头,有个雅号叫"黄金塔"。

采采黄金黍,携自故园归。霜叶犹有余绿,如发乱丝垂。留得珍珠颗颗,壁角常悬秋色,未忍供新炊。仿佛对邻叟,乡梦且相依。　　六十年,蓦回首,几多悲!一片青纱帐里,蝈韵颤巍巍。叶底钻来爬去,捉得鸣虫娇绿,光腚笑沾泥。万事今黄发,淡酒共毛锥。

(二〇〇一年十一月)

咏 碗

　　成都杜甫草堂出土一批唐代文物，其中有瓷碗，想是杜公曾经使用的。

　　　　草堂遗址在，瓷碗出人间。
　　　　诗赋雄千古，生涯真万难。
　　　　想曾清泪湿，应有指纹残。
　　　　举酒听公语，犹怀寒士安。

　　　　　　　　　　（二〇〇一年十一月）

红土地放歌 十五首 (诗报导)

　　二〇〇一年十二月下旬，参加红土地采风团赴赣南采风，历经十一个县。虽跑马观花，毕竟闻到花香。每触诗情，欲罢不能，一路写来，得绝句多首。把这些诗依次看，就是一篇采风的报导，谁说诗词不便于表现现代生活呢？

题滕王阁

　　　　秋水年年雁叫哀，沧桑几度换楼台。
　　　　浪淘千古风流尽，不泯王郎八斗才。

访瑞金中华苏维埃故址（一）

虎斗龙争岂陈迹？承平未许驻征轮。
拥财他日雄天下，万镒黄金筑瑞金。

访瑞金中华苏维埃故址（二）

每日口粮捐二两，十元薪给半支军。
分明一曲清廉颂，愿作惊雷天下闻[①]！

访瑞金中华苏维埃故址（三）

金杯泥醉歌楼月，锦帐斜偎别馆花。
肯否沙洲驻冠盖，来喝红井一杯茶[②]。

访赣州郁孤台、八景台

陈陈题咏没灰丝，寂寞苏髯八境诗[③]。
挹取清江无尽泪，千秋一曲郁孤词。

访通天岩，张学良将军曾被禁于此

天涯大树陨悲风，涕尽中原伫望情。
歌哭百年浑似梦，通天岩上竹青青。

赞脐橙

明月何曾异乡好，黄橙也是自家甜。
"后皇嘉树"灵均颂，宜作长安广告篇。

[附记]赣南有"脐橙之乡"的美誉，所产脐橙，味道在进口同品之上，色泽形状也极佳，极具竞争力。"后皇嘉树"，见屈原《橘颂》。

赞稀土

倦游到此顿增神，如渴青莲遇酒樽。
妙将石油比稀土，赣南无土不黄金。

[附记]赣南盛产稀土矿，居世界首列。"中东有石油，中国有稀土"，足见稀土的重要和中国矿藏的丰富。参观了两个现代化的稀土分离厂，见到赣南现代化建设的一端和远大的未来，精神为之振奋。

为赣南卷烟厂题字

人生有味是清欢，滴水成灾或不然。
世人避烟如避虎，我道何妨吸点烟。

[附记]吸烟有碍健康。我绝非提倡吸烟。可是，一天吸一支，五天吸一支，十天吸一支，绝不会致害，却能享受一点吸烟的情趣。不搞绝对化，是我的饮食哲学，身体力行多年，自我感觉良好。首句抄自东坡词。

访梅岭陈毅同志当年隐避处

低回梅岭一长嗟,斩棘披荆殊未涯。
笑看寒梅心默诵:"人间开遍自由花"。

大庾岭观梅(一)

读诗久羡大庾梅,却到梅关花未开。
碧透冰绡偷半面,风情万种费人猜。

大庾岭观梅(二)

不复情牵迁客魂,依然清韵伴高吟。
来朝百里香成阵,醉倒诗人亿万身。

[附记]大余县正在大力建造梅关景区,依山沿路即将建成百里梅廊,壮哉。放翁诗:"何当化作身千亿,一树梅花一放翁。"建成时,诗人的千亿化身将一一醉倒了。

题梅关古驿路

不容走马不容车,一线盘山曲似蛇。
莫怨崎岖难著足,东坡由此谪天涯。

[附记]东坡谪海南过此,他的《过大庾岭》诗中有句道:"浩然天地间,唯我独也正",足见此公的孤傲和磊落。

写 字

如醉芳醪十日游,长笺泼墨数登楼。
恨无二李将军笔,碧水金山画赣州。

[附记] 每到一处,应求写字,字里凝结着友情和祝福。宋朝大李将军和小李将军是青绿山水大师。这种山水大量使用石青石绿及金粉,一派锦山绣水,琼楼玉宇,把客观景物诗化,理想化,有浓厚的浪漫色彩。可惜今人能之者很少了。

赠赣南人

曾拼碧血换乾坤,更矢蛟龙起蛰心。
秃笔平生稀作赞,放歌来赞赣南人。

(二〇〇一年十二月)

【注】

① 食堂墙上贴着一纸账单。党政机关支援红军作战,生活费不超2元的捐20%,3至5元的捐30%,4元的捐40%,5元以上的捐50%,又每人每天节约粮食2两。

② 沙洲坝红军井畔设有红井茶馆,即以井水泡茶。

③ 八景台因东坡"八景诗"得名。东坡历古常新的杰作甚多,而"八景诗"很少人读,更无人记得。与此相对照,辛弃疾的《菩萨蛮》(郁孤台下清江水)"忠愤之气,拂拂指端",至今广泛流传。

梅边漫兴 三首

　　江南的晚冬有如北方的早春。这一天下着淅沥的小雨，并不怎么冷。几位同来无锡的好友到梅园看梅花，并到远香楼饮茶。那梅花有的含苞，有的初放，皎如玉雪，带着晶莹的雨滴，更加清逸绝尘。

（一）

晓来呵冻试新装，绿萼初开犹半藏。
四枝五枝花作雪，三点两点雨生香。

（二）

万种风情意态新，宜晴宜雨总宜人。
何曾许作孤山妇，家在江南红豆村①。

（三）

梦中香雪浩无涯，玉笛飞声入万家。
却笑武陵溪上客，寻源只解问桃花。

（二〇〇二年二月）

【注】

① 南宋林和靖隐居孤山，有梅妻鹤子的佳话，再，无锡顾山有千年红豆树。

红豆曲 并序

　　二〇〇一年访无锡,因得赏无锡红豆树。树传为梁昭明太子萧统手植,已一千多年。原为两树,后两干合抱,并为一树,上枝仍分为二。近处旧有文选楼,已圮无遗迹。时值岁寒,木叶尽脱,根柯盘结如虬龙。廊上悬有红豆树图片及前贤诗文,益我见闻。听老者讲昭明太子浪漫传说,哀艳动人,遂有写《红豆曲》之萌动,孕育多日,终于呼之欲出。二〇〇二年春节多暇,命笔成章。传说为我起兴,赋事任臆所之,真实不虚者只一情字。

　　南国红豆生处处,最数无锡红豆树,
　　道是萧郎手自栽,红泪千年咽风雨。
　　萧郎帝子人中龙,金蝉翠绶当华风,
　　济贫苏困不自足,文选楼头夜烛红[①]。
　　恰是清明新雨后,信马青郊问花柳[②],
　　暂辞倦眼万飞鸦,难得清心一壶酒。
　　当垆女儿傍前溪,杏红衫子绿杨枝,
　　相逢却似曾相识,未曾相识已相思。
　　素手捧杯奉公子,明眸含笑凝春水,
　　不须丝竹伴清歌,天下流莺欲羞死。
　　碧桃花下誓终生,阿侬小语许花听:
　　"因爱红豆名红豆,不慕繁华只重情。"
　　归来杜门耽笔砚,寝馈沉酣书万卷,
　　碧玉未及破瓜时,待嫁移年应未晚。
　　文选终成第一书,牙签锦轴聚琼琚[③]。
　　凤笙龙管迎红豆,春风十里紫云车[④]。
　　白头阿母吞声泣:"讵料一病终不起!
　　欲寻红豆向何方?前溪一片埋愁地。

朝占鹊噪暮灯昏，枫叶桃花秋复春，
伶仃寸草寒家女，卑微无路叩金门。
嘘气如丝泪成血，枕上声声犹唤君，
叮嘱一物遗公子，锦帕包裹是儿心。"
帕上鸳鸯女亲绣，鸳鸯帕裹双红豆，
如闻红豆唤萧郎，红豆与郎永相守。
悔因功业负佳人，恨我来迟卿已走，
从今见豆如见卿，豆似明珠捧在手。
一双红豆种楼前，春怜风雨夜怜寒，
泪挽柔枝唯脉脉，月移树影望珊珊。
香丝未尽春蚕死，红豆树长年复年，
双树合抱成一树，双枝交叶绿含烟。
黄鸟来歌白蝶舞，芝兰相伴幽篁护，
彤管轻吹玫瑰风，情天漫洒金盘露⑤。
梦里繁星坠地来，枝头红豆结无数，
祝福天下有情人，欲启朱唇作低语。
岁寒来访雪压枝，回廊图展令心怡，
豆似丹霞花似雪，前修诗笔罗珠玑。
树前闲话得小憩，秀眉老父道传奇，
和泪翻成红豆曲，聊补摩诘相思诗。
相争扰扰多仇怨，采撷休忘摩诘劝，
安得播爱遍人间，婆娑红豆植伊甸。

（二〇〇二年三月）

【注】

① 梁昭明太子萧统，不仅致力于文治，而且关心民瘼，"每霖雨积雪，遣腹心左右，周行闾巷，视贫困家有流离道路，密加

赈赐"，"多作襦裤，冬月以施贫冻"。他享年仅31岁。金蝉、翠绥缨是梁朝太子服饰。见《梁书·萧统传》。

② 花柳，指春天的自然景色，杜诗："步屧随春风，村村白花柳"。

③ 《昭明文选》，是我国成书最早（约1500年前）、影响最大的综合性文学作品选集，为以后许多朝代士子的基本读物。

④ 唐杜牧《张好好诗》中有"聘之碧瑶冠，载以紫云车"的诗句。

⑤ 彤管，一种涂着红色漆的乐器。《诗经·静女》里写为恋爱的赠物。金盘露，汉宫以金盘承接天上的露水，认为是仙露。

赤 壁

铜琶铁板唱甘州①，船过嘉鱼忆壮游。
佳景当年曾是梦，戟沉沙处万江楼。

（二〇〇二年五月）

【注】
① 昔岁船过嘉鱼，曾作《八声甘州》。

井冈山沉思 三首

山 泉

奔湍掩映竹青青，玉质冰姿琴瑟声。
安得滔滔通大邑，出山长似在山清。

红军小道

铁肩担米念元戎，苦战军民一体同。
底事金刚来护法，琼楼还著白云封。

竹 海

道是无私是欺世，草间斥鷃笑云鹏。
井冈万岭参天竹，尽是先躯血育成。

（二〇〇二年六月）

水调歌头

　　瀑布是井冈山的一大胜景。最具特色的有三：仙女瀑、青龙瀑、彩虹瀑。

　　何处观飞瀑？绿竹白云中。最是万山深处，三瀑各不同。一瀑宛如静女，一瀑怒如奔马，一瀑耀轻虹。阴壑惊雷吼，飞雨洒晴空。　乘肩舆，拄藤杖，蹑猿踪。老去超然物外，野鹤谢樊笼。安得如山巨斗，痛饮倾天云雪，肝胆尽消溶。下视澄潭影，绿鬓讶非翁。

（二〇〇二年六月）

云端述怀三十韵

自京乘飞机抵莫斯科，转机赴柏林，需十多小时。机上闲坐，思绪流转，成长诗，勉强算作排律。

曾效鹏南翥，今从知北游，巡天回日驭[①]，坐地半环球。电掣行空马，星飞泛汉舟。御风超列子，随鹊近牵牛。空姐来相问，琼浆任所求。咖啡香细细，天地思悠悠。

桑海纷千幻，浮生罹百忧。儒冠曾委地，夏楚惨回眸。冰泮滋芳草，时清笑白头。云帆追逝水，霜叶不悲秋。辞辙鱼归海，出笼鸟脱囚。洪波恣吐纳，高树畅啁啾。旧砚重光洁，秃毫复润柔，刚肠欣再热，豪兴浩难收。粉墨烦鱼鸟，风涛幻蜃楼，拍肩叫伊索，化蝶梦庄周[②]。仓廪肥贪鼠，簪缨饰沐猴，重鞭期见血，痼疾望能瘳。杜苦歌茅屋，白狂隘禹州。熊鱼兼而有，儒侠得同俦[③]。

放眼舷窗望，无涯云海浮。鱼龙潜曼衍，魔怪任飘流。或散花飞雪，或奔龙战虬，或凹深尾闾，或凸峙山丘。指顾经千劫，毫厘纳五洲。荣枯微蚁梦，霄汉入歌讴。鹤发愿非老，驹光愿可留。大寰涵众妙，求索未能休。

（二〇〇二年七月十五日至十六日）

【注】

① 北欧、俄罗斯时差比北京后退几个小时。

② 我惯于写寓言诗、讽刺诗。

③ 李浪漫，杜现实，我以为将两者融二为一，李中有杜，杜中有李，醉时为李，醒时为杜，岂不妙哉！

北欧纪行

哥本哈根，访安徒生故居

西辞德意志，丹麦访哥京。
辇路铺沙石，鲸牙饰堡城。
《新衣》登教册，故里拜先生。
圆我少年梦，不虚万里行。

（二〇〇二年七月十八日）

题美人鱼雕像

精魂因爱灭，今日问如何？
游客踪无绝，怜君爱更多。
一情柔似水，万古海扬波。
月照伶仃影，轻潮怅似歌。

（二〇〇二年七月十九日）

夜航（乘豪华游轮从丹麦到挪威）

去国八千里，飘洋一叶身。
夜歌思海女，珠泪想鲛人。
灯火浮楼市，樗蒲遣客心。
天边望残照，子夜似黄昏。

（二〇〇二年七月十九日夜）

公路上

自挪威到瑞典，穿越大森林竟日。两国交界处，不需办通关手续，畅行无阻。

蓊郁千林合，蜿蜒一路通。
采芳时见鹿，拨草或逢熊。
暗觉凝云重，寒知零雨濛。
畅行无国界，安得万邦同。

（二〇〇二年七月二十一日）

夜 鸟

宿斯德哥尔摩,午夜明如垂暮。窗外远处林间,有独鸟啼叫不息,其声凄婉,如泣如诉。

万籁凝然寂,深林独鸟歌。
多明应梦少,不夜转愁多。
颤语如呼妹,娇声似唤哥。
可怜两无答,百啭意如何。

(二〇〇二年七月二十二日夜)

俄罗斯沉思 七首

彼得堡印象

郁郁古皇都,峨峨北海隅。
千河交水网,万岛接通衢。
战舰空滩雨,冬宫赫帝居。
滔滔涅瓦水,犹记列宁无?

(二〇〇二年七月二十五日)

[附记]阿芙乐尔巡洋舰,泊在涅瓦河边,供人参观,可是常不开放。冬宫展览的是沙皇及皇后的画像和奢华的宫廷生活。

游艇上

一艇腾欢笑，徐浮涅瓦河。
红妆歌烂缦，白发舞婆娑。
鱼子珍珠美，香槟泡沫多。
凭舷姿远望，如画夕阳波。

（二〇〇二年七月二十五日）

题列宁铜像

偶见青铜像，街隅伫列宁。
鲜花犹带露，献者未留名。
似血心头滴，如霞雨外明。
秋霜问何奈，里巷有春风。

（二〇〇二年七月二十六日）

［附记］彼得堡很少见列宁像，偶于街头见之，像前放着一束鲜红的玫瑰花。

访列宁故居

郊外林深处，松萝掩墅门。
树高天障绿，风动日筛金。
几榻全仍旧，文书墨似新。
愿公扶病起，慷慨论当今。

（二〇〇二年七月二十八日）

[附记]列宁故居在莫斯科远郊，原是没收一个富豪的别墅，列宁于一九一八年遇刺负伤后居此，直到逝世。森林高大丛密，是一个宁静幽深的去处。院中有一个坐椅，列宁常坐此休息。

乞 妇

通衢客来去，乞妇暗神伤。
默默形如塑，茕茕影依墙。
凭谁问今昔，尤语话沧桑。
竟日守空碗，何由饱饿肠。

（二〇〇二年七月二十八日）

[附记]地铁通道及过街地下道通常见乞者，多为老妇，衣着并不十分褴褛，依墙而立，一声不响，若非面前放个空碗，还以为是雕塑。

拜果戈理墓

驻足林阴下，低回墓石旁。
与公虽异国，忌恶却同肠。
萧艾偏沾露，椒兰每遘霜。
不惭鞭力薄，也自挞豺狼。

（二十九日）

[附记]访新圣母名人公墓。于契诃夫、果戈理、马雅可夫斯基、奥斯特洛夫斯基及卓娅、舒拉墓前拍照。

归 国

引领南天望，关河一万重。
新秋归老鹤，半月作冥鸿。
入梦唯京阙，无山似岱宗。
高歌满天下，中国一诗翁。

（二〇〇二年七月下旬）

红豆篇 七首

无锡七夕红豆相思节期间,谈也红豆,读也红豆,吟也红豆,歌也红豆,以小诗记之,效"子夜歌"体。

(一)

初恋赠红豆,流水度年华;
白发看红豆,红于二月花。

(二)

千里寄红豆,红豆红如唇。
掀唇如欲语,梦中听好音。

(三)

明珠天下稀,玉佩值千金。
不及相思子,滴血入君心。

(四)

春花红如火,秋叶红如绣。
不及相思子,红得水晶透。

（五）

大风吹倒山，大火灰万物。
钻石化沙尘，红豆红如故。

（六）

采采双红豆，双豆成联体。
永远不分离，一我一个你。

（七）

老汉咏红豆，传声天下闻。
但愿全世界，变成红豆村。

（二〇〇二年九月）

新桃源行 并序

渊明的《桃花源记》流传千古,脍炙人口。其实还有《桃花源诗》,这记是诗序,序传开了,诗却没有传开。关于桃源,有人以为实有其事,有人以为是寓言式的虚构,也有人附会神仙之说。我想,秦汉之际,地旷人稀,尚处于原始的自然经济,加以统治手段能达到的领域有限,在深山老林存在着长期与世隔绝的"绝境",是完全可能的。时至今日,不是还偶然发现与世隔绝的原始族群吗。

后世迄今,各地出现桃花源多处,有一处在常德的武陵,指为真桃源多一个武陵的佐证。今年的九月间,应邀赴常德览诗墙,依沅江的防波大堤树诗碑,镌刻古今诗歌精品,长六华里,猗欤壮哉!乘便游桃花源,多年梦想得以实现。古人关于桃源的吟咏不少,七言古诗也见过一些。如王维的《桃源行》,以诗写桃源故事,韵律流畅,清丽如画,写诗时他才十九岁。韩愈的《桃源图》:"神仙有无何渺茫,桃源之说诚荒唐",显示出此老"文以载道"的固执。桃源之游不可无诗,作《新桃源行》。

渊明一记涉渺茫,疑真疑幻疑仙乡。
千载桃花开复落,白云漠漠山苍苍。
青溪几曲武陵路,道是渔人舍船处。
湘天秋雨洒征衣,千里相邀谢诗侣①。
松萝披拂洞幽深,窄迳苔滑才通人。
百步豁然见山坳,云山环护秦人村,
竹楼小饮登云顶,窗透四围丛竹影。
香生齿颊饮擂茶②,山家清供罗果饼。
酣歌烂缦舞低回,忘形宛若儿童嬉。
座中有客忽长叹,停杯投箸悄然悲:

"数千年史一顾盼，约半承平半离乱。

徒有桃源一掌天，万亿生民付涂炭。

欲广桃源八万里，处处桃花迎笑面。

儿孙唯唱太平歌，刀剑尘封博物馆。

生途惨淡本非诗，诗家驰想只空幻。

由来草盛豆苗稀，难理田园荒秽遍。"

"君歌且住听我歌，而今阴少晴日多。

百折千回寻史迹，滔滔归海奔长河。

君不见，三月桃花八月开，夭夭灼灼秋风前[3]。

诸般奇迹哪料得，放眼沧桑五千年。

焉知世界不成大桃源，

比陶之所记、君之所想更新更美万万千。

彼时吾辈身虽不存元素在，钠氯镁铁齐腾欢。

我爱桃源绝尘俗，遍山清风遍山绿。

如斯佳境足澄心，明春便欲山中住。

朝泛桃花之清溪，暮饮木兰之坠露，

绿天作纸写长歌[4]，与君吟啸共朝暮。"

归途回首梦依稀，沅江落日光依依。

江上一双白鹤飞，且飞且住且徘徊，

仿佛叮咛莫误明岁桃花期。

（二〇〇二年九月于常德，回京后足成之）

【注】

① 焱森先生和我早有桃源之约。蒙焱森及常德诗友周到安排，得遂夙愿。杨杰、卓仁二先生联步同游，有诗酬答。

② 擂茶，源中特产，茶中加入姜末、芝麻诸物，辛芳可口。可能是古法。

③ 今兹高秋，桃源中见数枝桃花开放，叹为奇景。
④ 绿天，即芭蕉。怀素曾以蕉叶为纸。

鹃声小集 十五首

京门"非典"肆虐，尤不利于老人。二〇〇三年四五两月，疫情从高潮日趋平息。我同老伴杜门避疫，度过一段表面上休闲的煎熬。我写了不少诗词，取其中七律十五首为一集。多率意成章，间有杂文式的调侃，无非是寻求一点轻松。未加改易，存其不衫不履之态。春末夏初，时闻杜鹃，命曰"鹃声小集"。

饮 茶

嗜茶喜得故人怜，远寄明前并雨前。
世路多艰强自解，人生有味是清欢。
香通南海群芳圃①，绿染西湖一棹烟。
休道避居徒四壁，幽窗遥接四方天。

（四月七日）

习 画

濡毫洗砚为消闲，旧雨新潮两不关。
肝肺槎枒生竹石，愁心舒卷作云烟。
固知设色原无色，哪计为山必此山？
圈外何妨吹大话：自称臣是画中仙。

（四月八日）

游 园

游园已是送春归，蝴蝶迎人随步飞。
一路残红花漠漠，满坡新绿草萋萋。
老翁画石为棋局，幼妇携篮卖草莓。
灾祲不知何处是，全无惊恐只神怡。

（四月九日）

听 禽

老树悬笼听画眉，未知鸟语道何谁。
料非羽族无愁苦，岂止人间有别离。
鳏处逢春伤失偶，囚居似缚想高飞。
枝头丽影匆匆去，百啭如簧唤不回。

（四月十一日）

习 书

天高地厚一诗囚，三月春阴不下楼。
无咒能除一切苦，习书聊解百端忧。
猛龙俊逸嗟难及，瘗鹤清深未可求。
却似癫狂张长史，偶因肚痛作银钩②。

（四月十一日）

谢明锵君

诗友钱明锵邀我和老伴到他的杭州寓舍西溪吟苑避疫，诚挚感人，诗以为谢。

一角危楼锁暗云，牛棚滋味似重温。
漆园蝶老仍留梦，柳浪莺飞虚负春。
压顶惊雷作牛鬼，照天烧烛送瘟君。
故人千里劳相问，百劫修成百炼身。

（四月二十五日）

谢友人

连日来各地朋友电话慰问已有50多人，以诗答谢。

花开花落不知春，节序潜移夏日临。
万里寻诗聊息足，连朝传耗屡惊心。
楼窗开处来飞蝶，电话声中会故人。
隔水隔山无远近，平安一语抵千金。

（四月二十六日，立夏）

贺阿龄生日

农历四月八日是阿龄的生日，相处五十多年至今才知道，她与佛诞同日。

处世求真笑二愚，几番危难沫相濡。
又当风雨同舟楫，未觉冰霜到室庐。
一笑能教愁散尽，轻嗔转使闷全舒。
喜知君诞同佛诞，可是思凡谪嫁儒。

（五月五日，农历四月八日）

遣怀（一）

劫海平生几度潮，残年又是一翻遭。
消炎难借魔王扇，浴火犹存大圣毛。
苦辣酸咸犹欠涩，烹炸煎炒更添熬。
问君何事仍常笑，这样生活不寂寥。

（五月十七日）

遣怀（二）

虚室风窗伴我闲，楼檐滴雨夜敲眠。
长廊日踱三千步③，远史抽思一万年。
考校铭文扪古砚，放宽格律写新篇。
小斋欲问今何似？浊浪排空靠港船。

（五月十七日）

吟 诗

独木当窗数尺天④,青花细柳写蛮笺⑤。
消愁岂有中山酿,避疫聊为十日谈⑥。
已许髑髅能祛疟⑦,焉知金缕不消炎⑧。
茶余饭后沙发上,仄仄平平伴午眠。

(五月十八日)

闻 雁

云敛轻寒夜气消,雁声如慰复如招。
知音久别长相忆,处厄来寻不惮劳。
细雨思迎松迳笠,清江待下酒船篙。
一同叮嘱为传语:约子今年秋月高。

(五月二十日)

中夜闻杜鹃

楼群灯火乱星天,广宇声声叫杜鹃。
嗟我深宵萦百虑,问君何事亦无眠?
悲凉情系苍生劫,感叹吟成警世篇。
不吝长啼口流血,化为红雨染千山。

(五月二十二日)

遣怀（三）

难将寓舍当桃源，不见桃花不见山。
赖有荧屏知魏晋，判无雅兴作神仙。
临街夜厌车惊梦，无酒时将奶佐餐⑨。
已喜疫情逐日减，远游近访望明天。

（五月二十八日）

自 寿

农历四月二十九，是我的生日，已足龄七十七岁。

寿祝高龄来日稀，问君何喜亦何悲。
为添生趣聊从俗，暂引家人共展眉。
炸酱能吃面一碗，干红小饮酒盈杯。
虞渊休放羲和遁，夸父跂跂拄杖追。

（二〇〇三年五月二十九日，农历四月二十九）

【注】
① 去冬曾在海南兴隆植物园饮茶，品尝许多品种。
② 指张旭《肚痛帖》。
③ 我和老伴在楼廊里快步走，上下午各一次，约三千步。
④ 朋友昔赠巴西木一株，长已拂屋顶，油绿可爱。
⑤ 近得一端砚，布满青花。又得一种笔，甚称意。余命名"细柳"，笔工从之。
⑥ 卜伽丘的《十日谈》即以佛罗伦萨一场可怕的瘟疫为背景。
⑦ 杜诗"子章髑髅血模糊，手提掷还崔大夫"，据云可医疟疾。
⑧ 拙词《金缕曲·赞白衣天使》，几种报刊发表。
⑨ 每餐饮牛奶一小杯，甘香胜酒。

金缕曲 二首

赞白衣战士

娇小当花季。恰盈盈，华年似锦，柔肠似水。呵护尚依阿母爱，几许眉梢稚气。切莫认蔷薇无力①。救死当头无反顾，似冲风海燕凌霄起。战疫疠，生死以。　　死神直面才纳米。忘安危，辛勤日夜，精心护理。忆似药箱肩上挎，出没硝烟战垒。喜一脉火薪传递。欲问民魂何处在？看峥嵘小草擎天地。道珍重，挥老泪。

擂鼓之歌

春色将人恼。最难消，连宵风雨，惊心啼鸟。吹息杀人刀无影，萌孽剪除须早。怅滋蔓荒荒恶草。夹道芳林花乱落，走匆匆遮了如花貌。问何日，摘口罩。　　疫情即是冲锋号。纵迷离，华佗无奈，南山有道。史步前行开广路，屈指移山多少！又亿万同心征讨。咫尺病房生死地，看白衣上阵从容笑。擂战鼓，顿忘老。

（二〇〇三年五月）

【注】
① 秦观诗："无力蔷薇卧晚枝。"

赠程良骏先生①

交游济济何曾见，赛艺兼雄独不群②。
擘画江流柔绕指，纵横诗笔健凌云。
熏风已解生民愠，神女初惊妆镜新。
一棹平湖共容与，遨游羡煞听猿人③。

【注】
① 程良骏先生是华中理工大学教授，建设三峡大坝的工程师，有诗集行世。
② 赛艺，谓科学与文艺。
③ 指李白。

浣溪沙·北戴河

又到北戴河，记不清这是第十几次了。

涉世依然十丈尘，又来东望海云深，白鸥应笑白头人。　　寻梦不知何处梦，原来身是梦中身，大潮如雪涌黄昏。

（二〇〇三年七月）

城市风景 十首

(一)

土气挂西装,乡音混京腔。
焉知不化龙,小鱼闯大江。

(二)

年轻环卫工,不好多说话。
有个小书房,存书一架架。

(三)

越变越好看,一看一回新。
白头老住户,翻似旅游人。

(四)

襟沾五洲雨,肩披远洋风。
二老旅游归,女儿开车迎。

(五)

的哥坐车上,商女立摊头。
老外来相问,英语答如流。

（六）

肥甘已吃厌，想食家乡饭。
为着避喧嚣，住进农家院。

（七）

芒果东南亚，脐橙美利坚。
杂陈五洲果，小小水果摊。

（八）

标题眼迷乱，图像亮而鲜。
生活万花筒，街头小报摊。

（九）

这家炸酱面，那家肯德基。
饮食求适口，何必分东西。

（十）

新楼如春笋，时才露芽尖。
几日不曾见，涌出万重山。

（二〇〇三年九月）

三秋八桂行

二〇〇三年九月二十六日至十月五日,应贤主人之邀,同诸诗友历游广西南宁、柳州、鹿寨、桂平、桂林诸胜地。

柳州访柳宗元祠 五首

(一)

暂驻征车拜柳祠,柳江秋老柳依依,
放言如共三贤语,扪读千年荔子碑①。

(二)

平生穷达岂由天,百厉仍方未解圆。
齎志投竿向东海,奈何独钓雪江寒②。

(三)

操觚未肯漫为文,情系苍生万古心。
九土笙歌君莫醉,草间犹有捕蛇人。

(四)

八记何曾近郦生,寒泉苦竹寄幽情③。
笔端一掬清潭水,抵得人间几洞庭!

（五）

生死论交见至情，参天岱华两峰青。
昌黎莫道徒谀墓，掷地金声子厚铭。

【注】

① 词中有"罗池庙迎享送神诗碑"，韩愈文，苏轼书。首句"荔子丹兮蕉黄"，俗称"荔子碑"。
② 柳子厚"千山鸟飞绝"一诗，实自况处境，非徒写景。
③ 郦生，指郦道元，著《水经注》。

桂林夜泛五湖两江

水底一钩天上月，灯光万点水中星。
波心放棹乘风去，点碎浮云天上行。

水调歌头

重访桂平，与松对话。前度来此，曾写龙鳞松诗。

题赠曾相识，重到问如何？笑迎须发凝绿，拱手唤松哥。别后三年怀友，恰有新诗百首，与子共吟哦。松道吟诗苦，咱要笑呵呵。　　啸天风，挹云霭，舞龙蛇。恍如松即是我，抑我是松么？振袖长风陡起，举首云端晞发，谈笑共曦娥。后会知何日，世路有风波。

（二〇〇三年十月）

飞天 四首

这是在赴新西兰飞机上作的。飞行一万多公里十多个小时，在白云上星驰电掣，得以海阔天空地遐想。

（一）

先生八十欠三年，犹效云鹏九万骞。
脚底仙山浮稊米，望中海水泻杯盘。
春风有爱平千劫，生气无涯溢两间。
未信大寰终寂灭，休将世理律昊天。

（二）

少时端谨老来狂，鸟谢樊笼马脱缰。
已任风花逐流水，欲收山海入诗囊。
丰隆击鼓声惊座，群帝骖龙影掠窗①。
应是诗翁有仙骨，此生定比百年长。

（三）

如丝如缕大洋涛，九点齐烟返顾遥。
晴暖一舱方隐几，高寒万米入重霄。
微禽填海终非计，智叟移山得少劳。
无限风光看来日，斯民势与帝同高。

（四）

大翼垂天汗漫游，尘寰临睨忽生愁。
已登星月高能上，犹事侵凌战未休！
鳌背负山欲奚往？娲皇抟土竟何求？
问天问地两无语，天荡荡兮地悠悠！

（二〇〇四年三月）

【注】
① 丰隆，雷神。

白云词稿 五首

鹧鸪天·即景

碧海青天无点尘，片云来去乍晴阴。密林滴绿飞来雨，芳树留红长在春。　风入座，漫披襟，京腔一曲最宜人。今宵会有安期约，楼角嘤鸣五彩禽。

恰有一只不知名的大鸟落在庭树上，羽彩鲜丽，啼声嘹亮，偶一现身又隐去了，是海上仙人相邀的使者吗？

一剪梅·野餐

绿荫如幕草如毡，云影珊珊，风影翩翩。清凉度夏着重衫，又似春天，又似秋天。　　假日家家聚野餐，这边一摊，那边一摊，市民免费享清欢，歌舞吹弹，鼓掌连连。

市政厅将一段时间的大型活动公告报端，并印成单页放入每家信箱，市民自愿参加。我们参加的是一次全市性消夏活动。市政厅演出娱乐节目助兴。说是"免费"，其实不确，花的是纳税人的钱，市民享受，心安理得。

蝶恋花·蓝色的花

不著猩红不著素，独处幽篁，翠袖当风舞。海上繁星飘坠处，繁星缀作枝头玉。　　搜遍群芳无此谱。别样风情，似听蓝花曲。应是儿家在中土，信天游罢兰乡驻。

到处是花，多是红黄白粉，独邻家门前有一棵树，缀满繁茂的蓝色的花朵，宝蓝色略带深紫。那树高十米左右，枝杈四覆，那花密密层层，有花无叶。落花满地，像铺蓝色地毯，而树上的花不见减少，大约是随落随开，故无凋谢之象。曾听《顺天游·兰花花》，凄婉动人，以蓝色形容美人，传统诗词中罕见。见此树乃知此曲之妙。万树猩红一点蓝，令人陶醉。

望江南·白云

　　身何在？身在白云中。十万冰山崩古雪，游缰白马漫行空，鞍上踞诗翁。

　　此地的白云太美了，如古雪，如冰山，如羊脂玉，如白莲花，不，那是凝固的，这是流动的。银河卷起万支波涛，也许有一点像。千幻万变，匪夷所思。云缝里的天尤其好看，我从未见过这样的天色。蓝莹莹嫩生生，澄澈而不见底，是极清浅又极深沉的。

玉楼春·译鸟语

　　楼头请看一呆老，乱发披霜如野草。镜如瓶底玩深沉，准是眼神不大好。　　拈髭准是为诗恼，走火入魔不得了。千绳万索碍歌喉，未若枝头来作鸟。

（二〇〇四年三月，奥克兰）

奥克兰杂感 三首

无翼鸟

无翼鸟,一名鹬鸟,当地叫它 kiwi,是新西兰的国鸟。

猛兽凭爪牙,飞鸟凭羽翼。
高能戾青天,远能至万里。
捕食能必得,危难能速避。
以此忆万年,山林繁生息。
此鸟竟无翼,生存失利器。
孑孓一孱生,图存生死地。
居然自古先,绵延未绝迹。
乃知真强者,不借孔武力。
伟哉此邦民,独重弱者存。
形象铸钱币,冠以国鸟尊。
彼此称 kiwi,美称弥自珍。
我亦秉笔赞:无翼有强魂。

火山口

晨登伊甸山,车穿绿阴走。
山巅有深坑,闻是火山口。
火山爆发时,十万雷霆吼。
地火喷上天,大地为发抖。
村舍化飞灰,草木尽焦朽,
俨然遭天谴,残民如屠狗。

肆虐曾几时，霸气化乌有。
岩浆尽凝冻，僵便而怪丑。
时时好雨来，习习熏风逗，
劫灰化肥料，生机勃发骤。
百草和鲜花，铺地烂如绣，
佳气满山坡，醉人不待酒。
乃知生命力，柔弱而神秀。

采野菜

茴香生山坡，韭菜生山脚。
此邦不解食，弃置同野草。
信手采之归，嫩绿颜色好。
厨刀切为馅，包作北京饺。
餐桌添美味，全家快一饱。
凡品有异才，求才陋不晓。
遂使怀才者，荒荒草中老。

（二〇〇四年三月）

洒泪送臧老 二首

（一）

重洋传耗梦耶真？北望悲凝岱岳云。
老马长嘶千里梦，山河烙印百年心。
高情不泯歌吟在，谢世应难反顾频。
诲我犹闻三致意：休忘大地哺诗人。

（二）

忘年不憾论交迟，雨润无声我自知。
三友合刊新古调①，一花②首荐寓言诗。
难忘花径扶行日③，长记书斋畅叙时。
盈箧来书重检视，墨痕剧被泪痕滋。

（二〇〇四年三月十日，奥克兰）

【注】
① 二十世纪八十年代，臧老、程光锐和我曾出版一本旧体诗合集《友声集》。
② 一九六三年，臧老在《诗刊》上著文，首次推荐我的寓言诗，许为一朵新花。
③ 指景山公园牡丹诗会。

金缕曲·得老藤杖

绝壁悬千丈。任纠缠,风狂雨暴,雷霆激荡。一线青青长不死,牵与飞猿来往。便铸就癯仙骨相。乘雾腾蛇忽掉尾,听崩崖裂石轰隆响。挂飞镜,明月上。　　踏天截作先生杖。丑其形,众人皆弃,欣然独赏。老去更殷夸父愿,艰步谁扶踉跄?赖从此随身依傍。陟险颇堪鞭狐鼠,拓荒芜兼可披榛莽。路修远,默惆怅。

（二〇〇四年四月,绍兴）

题　照

与孔乙己塑像合影,像在绍兴咸亨酒店门前。

同是书生倍觉亲,休言荣瘁判然分。
天公生我百年上,同是咸亨数豆人。

（二〇〇四年四月,绍兴）

滇游杂咏 四首

水龙吟·洱海泛舟

截来百里南溟，泻天如雪波涛碎。两间唯有，吞云沃日，茫茫烟水，浴出苍山，攒青横黛，几多妩媚。著轻舟一叶，世尘何处，浑忘却，醒和醉。　　难觅前王踪迹①，洪荒片石，纵横神韵，天工画笔。长夏春风，半山云雨②，四时花气，看洪波，万古滔滔，知鱼乐，波心里。

【注】
① 南诏、大理先后二古国，自唐至元，五百多年。
② 地处高原，云常横山腰，名玉带云。

定风波

乍雨还晴煞费猜，玉龙一半着云埋。也解云流无定住，飘去，却疑山动欲飞来。　　雨散天晴山自碧，满地，金黄靛紫野花开。自笑捕诗如捕蝶，痴绝，不知是叟是童孩。

[附记] 登玉龙雪山，同行乘索道攀登，我与老伴及数友留山脚下，仰看云山，俯看野花。

题五色铺路石

丽质全无雕饰加，千年磨踏见光华。
飞天不去攀星斗，长为征途铺彩霞。

［附记］丽江多用五色石铺路，经数百年磨踏，凸凹斑剥，彩色益见，为一大奇观。

望玉龙雪山

洪荒一剑立摩天，斩电劈云雪刃寒。
老去自惭芒角钝，望风三拜玉龙山。

（二〇〇四年八月）

海棠湾诗记 十六首

送申迎酉，我和老伴在海南三亚土福湾世纪度假村居住一个月。土福湾又名海棠湾，疑为"海塘湾"的谐音。海阔天空，颇多佳兴，以诗为记。

夜 宿

多情不老行吟客，适意何妨随处家。
准拟今宵难入睡，爱听潮韵咽滩沙。

住在小楼的二层，南面朝海，透过落地玻璃窗和开放的阳台，抬眼可见二百多米外的大海。入夜渔灯点点在浓墨的海面上闪闪如萤火，枕上静听悠闲而低沉的涛声，如远雷、如疾雨、如海女弄笛。

海滩拾石子

浪涌滩头罗百珍,波神慷慨馈游人。
相逢彼此夸奇遇,拾得蛟龙片片鳞。

　　海滩又平又宽又长,走不到头。开发伊始,人迹稀少,贝壳石子等还比较多。住在度假村的朋友每来散步,偶有所拾,则相献宝、鉴宝、夸宝,以为笑乐。

藤桥小市

叫卖声声村女娇,碧桃红橘绿芭蕉。
摩托冲撞威如虎,瘦犬伶仃媚似猫。

　　藤桥是离度假村最近的一处小市。目击速写,记录一时场景。摩托与瘦犬并存,颇具特色。

题黄金白玉竹

兴隆植物园所见。

黄金作骨劲参云,碧玉镶丝巧饰文。
金玉始知非俗物,误将高节属清贫。

　　《聊斋》中的《黄英》,写菊仙经商发财。财富原非俗物,无财富无以造福百姓,无以振兴斯文,无以营造百事。财富入于贪墨之手始成秽物,非金玉自身之罪也。金玉为竹,足见竹不厌富贵,富贵自可为高节。夫子曰"不义而富且贵,与我如浮云",若是义呢,夫子必笑纳以为及时雨也。

渔村一瞥

椰林深处小渔村，黄发垂髫笑语温。
恰可翻新陶令记，桃花源外打鱼人。

渔船回泊晚风微，歌舞家家电视机。
骤就山兰新妇笑，摩托笃笃卖鱼归。

附近有小渔村，紧靠海边，打鱼为生。男子出海打鱼，老幼妇女留在家里，或操作，或闲谈，怡然自乐，如今已无桃源之地，想不到渔人却过着桃源生活。山兰，是当地土法酿制的一种糯米酒。时村里正巧有一家举行婚礼，挺红火。

挖 贝

小蚌藏沙深寸余，晶光虹彩润如珠。
学童半日挖无几，换些零钱助读书。

渔村小学生过假日，没有什么游戏或娱乐活动，有的到沙滩上挖贝。那贝小如纽扣，白黄灰粉，色彩淡雅，光洁如玉，肉可食。挖来上市可以小补学习费用。

渔翁叹

拉网难偿半日劳，小鱼分得两三条。
晚炊叮嘱渔家媪，一碗鱼汤仔细熬。

网才拉上岸，网中鱼儿乱跳，还有呷呷的叫声。摩托声响，业主赶来。此人年龄在二三十岁，衣着整齐，戴黑眼镜，同车还有一位小姐。助手连忙把网中又大又好的鱼都拣出来，装满一个容器。容器抬上摩托车，一路扬长而去。余下的小的杂鱼，分给拉网的人。每人所得只有可怜的几条。

飞鱼叹

环生险象厌鲸波，飞上青天竟若何？
莫仗为鱼兼有翅，何曾张网赦天鹅。

网中出现一条飞鱼，长尺余，黄褐色，前边的一对鳍非常长大，变成双翼，此鱼离开水面飞行。但仍然落网。

读 海

凭栏日日读大海，略解悲凉天地心。
万卷风涛无一字，人间鸟迹等微尘。

地球上远在没有生命之时便有海，海见证了生命发生发展到今天的全过程，也见证了人类历史的全过程。她知道的东西太多太多了，在一切先知之上。海本身是一本大书，人类原读不懂，只要爱海，就会感知她无穷无尽的内容，无穷无尽的悲欢，无穷无尽的智慧。

题蝶翅贝壳

漫舞潮头去复回,分明一片紫云衣。
莫非海底珊瑚树,也有翩翩蝴蝶飞。

拾得一个奇品。两片贝壳黏在一起,轻莹如蝶翅,色白,向两方扬起,低回宛转,恰迎风飞舞,一面淡染紫色,实天然造成的艺术品。看电视,展示南沙环形珊瑚礁海底,确有树状珊瑚,名珊瑚柳。

"偷"瓜

老农辛苦垦荒沙,百亩瓜田美足夸。
偶自弹瓜验生熟,老妻笑我要偷瓜。

前年曾来此,舍前一片荒沙,杂草丛生。而今成了瓜田,绿秧百亩,生意喜人。我蹲下身来以指弹瓜,以验生熟,老伴儿连忙拍照,题曰"偷瓜"。俗语云:"瓜田不纳履",我则以为:自无偷瓜意,纳履又何妨,我自行我素,随人说短长。

瓜田落日

海畔平畴接远山,一天浓绿万瓜圆。
尝瓜小伫瓜田晚,落日如瓜种上天。

确是一幕奇景。状难摹之景如在目前。最后一句写出,我高兴了好一阵子。古今诗中曾有此意境吗?无。当时落日很像一瓜,不须借助想象。

庭院即景

远潮低唱有无中,花笑低头醉意浓。
芳草漫回金蝶翅,翠椰高拂彩云风。

住所附近直达海滨,是一色的椰树,高下疏密,翠绿的大叶,在海风中翩翩舞动。天上飘着各色浮云。椰树之间,甬道旁,是三角梅,蓝粉红紫,长开不谢。此间蝴蝶不多,有白、黄、黑三色。极宁静、极安闲,又极高雅华美。

赞蚊子

先行宣战许君防,痛痒声明好汉当。
远胜人间吸血者,不施暗箭用明枪。

蚊子是吸血传疫的害虫,有什么可赞吗?它使用明枪,不用暗箭。比之用暗箭伤人、害人、杀人者,蚊,还有几分可爱。

嘲 犬

金饰毛衣白眼翻,昂然一犬坐沙滩。
潮来快捧鱼虾上,别惹老子不耐烦!

耳闻目睹,颇有一些粗野不文的暴富者旅游,在国内外出了许多洋相。恰见此犬,浑身黄毛被潮水打得缕缕下垂,昂然踞坐沙滩,白眼向天,大有不可一世的气概。即委屈此君为靶子,打之出气。

北 返

天涯岁暮潇潇雨，正是先生北返时。
吟罢妖娆椰海绿，梨花万树又催诗。

一年将尽夜，风雪夜归人。闻京门严寒，连日有雪。飞机到京，将在子夜时分。时2005年1月5日也。

（二〇〇四年十二月五日至二〇〇五年一月五日）

石缘 二首

海浪石歌

巨浪推石出海底，石卧沙滩醉不起。
携来拭洗见真容，瘦透漏皱罕其匹。
酷如快剪剪波涛，一霎风来尚动摇。
腾拿迂曲纷异态，百孔千窍相连交。
夜深枕石如枕海，星火迷离舞百怪。
眼前疑梦又疑真，石化老人忽下拜。
青铜为面雪为髯，云冠风袂飘飘仙。
自言与海通灵气，身虽为石心非顽。
波神与我长相守，雷转风回事雕镂。
柔于丝缕利于刀，暮暮朝朝不离手。
波翻浪卷赋石形，波神老去雕始成。
为将至宝献人世，辞海来沐人间风。
世人爱金不爱石，天荒地老无人识。

白眼相投客去来，乌牛砺角犬遗矢。
何期今日得逢君，君是人间爱石人。
便欲从此从君去，共君忧乐共君吟。
天涯一笑逢知己，我亦一石而已矣。
怆然对坐我与君，青鲸背上风涛里。

卧虎石歌

海潮轻缓人行早，一路足音一路笑。
老伴唤我快来看，俯拾潮头得一宝。
奇石水洗除泥沙，皓然而白莹无瑕。
纹理纵横乱有致，遍身垂挂如披麻。
却疑非石亦非玉，霹雳断裂珊瑚树。
厥形亦异非常形，酷似蜷身酣卧虎。
"以君为虎兮，君不能啸踞山林称长雄，
顾盼吒咤生云风，登崖跳涧草木偃，
威慑狐兔臣罴熊。以君如石兮，
又不能块然独卧南山下，草动风吹惊猎马。
幻形成虎戏将军，鸣弓飞镞穿石罅。
销声敛迹对寒潮，塌冗不异犬与猫。
神怡心旷无愠色，问君何恃得逍遥？"
"我方吟诗君勿喧，吟《猛虎行》恰完篇。
冥搜九地上九天，飞龙驰象驯可玩。
敝屣珠玉芥瑚琏，个中有乐不可言。
云衾海枕醉欲眠。陶然一梦三千年。"

［附记］三亚土福湾海滨，沙滩平缓而宽长，人迹稀少。每天早晨同老伴和朋友散步，总是我们留下第一批的足迹。沿海向前走去，走到稍有倦意为止。沙滩一直延伸下去，看不到边。海潮有时狂野有时轻柔，把贝壳石子推上岸来又拉回海去。如此往复不息。留在岸上的都是一些细小的东西。先后发现两块大如木瓜的石头，老伴比我轻快，连忙踏潮抢出水来。一块略显圆形，一色淡灰，上有无数大小的孔洞，有些通透相连。一块呈枕形，乳白色，披满凸起的条纹，交错而有序，形态酷似卧虎。二石是造化大师的杰作，令人惊叹。一名"海浪石"，一名"卧虎石"。我属虎，今年近八十。这分明是大海对爱海者的厚赐，不可无诗。

（二〇〇五年一月，三亚）

题画像 二首

老友逸民为我画像，巨帧油画，悬之斋壁，胜琼琚之赐，得诗二首赠逸民，并以致谢。

（一）

入室大惊异，有叟室中坐。
何术分我身，居然又一我。
混迹人海中，千面变冷热。
见人不见己，见己翻如客。
问君年几何？岁月一大摞。
问君何所思？不知想什么。
君发白如雪，长愁定相虐。
白间杂黑丝，却也有欢乐。

君面多皱纹，阅世定通彻。
皱纹如乱麻，历久越多惑。
但笑而不言，必当有新作，
自推独轮车，不蹈陈年辙。
说来真惭愧，作诗不解饿。
想吃烹小鲜，味道颇不错。
眉间多傻气，口角含幽默。
秃笔不生花，柔肠偏忌恶。
欲探生之谜，终老谜未破。
不苦足下冰，不息心头火。
风雪夜窗寒，相对不寂寞。

（二）

老友卜苍君，丹青迈群伦。
春山云树远，妙笔写我真。
少年曾共砚，国破潜悲辛，
中岁遭动乱，生死隔音尘。
晚景沐春阳，情愫得一申。
逸园山寺畔，佳日每一临。
秋月闲入座，西山青侍门。
跳吠笼中犬，欢叫架上禽。
嫂亦大画家，余暇爱耕耘。
架上摘瓜豆，畦间采葱芹。
开樽剥紫蟹，泼墨复高吟。
欢笑隐烦忧，感叹相知深。
晴窗展画布，敷彩何缤纷。
精微到毫发，肖形兼传神。

归悬蓟轩壁，惆怅乱主宾。
轩窗忽大明，如月照黄昏。
仰面笑盆花，窥窗驻行云。
我笔痒欲动，我诗诵欲喷。
妻见忽大笑，我夫有两人。

（二〇〇五年三月）

题画梅

　　逸民更以巨幅墨梅相赠，曰：君名梅苑，宝剑赠烈士，其宜也。忆少时与逸民同受业于小溪师，师赐艺名梅苑。今老矣，书画仍常署梅苑或老梅。

南游曾到大庾岭，万树梅枝弄疏影。
三点五点乍开苞，雪肤犹怯山风冷。
杭城来访处士庐，林家有妇今何如。
翻红坠素残妆尽，莺飞草长孤山孤。
北地冰霜梅不耐，罕有梅株植户外，
化身千亿思放翁，何当一醉香雪海。
侯君怜我梦难成，为我放笔扫长屏，
冰姿铁骨横半壁，顿觉风动寒香生。
寻梅不必江南走，梅自款门来问候。
师锡嘉名名梅苑，画中座上两梅叟。
都门三日雪漫天，撼屋狂风雪后寒。
爱君老去饶春色，邀君入我咏梅篇。

（二〇〇五年三月）

樱花短笛 十首

二〇〇五年四月初赴日本作六日游,恰逢樱花盛开,得咏花汉俳十首。

东京浅草寺

浅草乍青青,古寺樱花照眼明,殿角语风铃。

宿日本式房间

客舍枕轻寒,风花弄影纸屏间,人眠花未眠。

远望富士山

晓望富士山,山在虚无缥缈间,雪瘦玉龙寒。

过富士山

莫认神仙窟,云端白雪深深处,中有徐福墓[①]。

猛 忆

深山炮隆隆,猛忆童年掩耳听,卢沟桥炮声。

京都清水寺

青天无片云,绕殿樱花飘彩云,如云看花人。

京都所见

岸花密遮天,影铺锦绣满河川,一舟锦绣缠。

过岚山

花雨洒樱天,百年心事问悲欢,零雨过岚山②。

大阪市大阪城

谈笑过河桥,呼朋携酒度良宵,花潮拥客潮。

梦 花

看花入迷幻,身入花林看不见,化作蝶千万。

（二〇〇五年五月）

【注】

① 导游（日人）告我,相传富士山高处有徐福墓,有些日本老人登山拜墓。

② 京都离岚山很近,但未能一访。周恩来同志留学日本时曾游岚山,有诗。今岚山有总理诗碑。

赞本多立太郎

九十一岁的日本侵华老兵本多立太郎，在卢沟桥上下跪谢罪。

男儿膝下有黄金，一跪翻成丈二身。
簸海腥风渺尘芥，堂堂君是大和魂。

（二〇〇五年五月）

汨罗行 三首

二〇〇五年九月下旬，参加湖南平江杜甫墓及杜祠修缮竣工典礼。

沁园春·平江谒杜甫墓

怅望千秋，飒飒霜枫，湛湛汨罗。想乾坤战血，孤舟飘泊；天涯涕泪，伏枕悲歌。天意怜才，遣邻屈子，共话诗骚意若何？低回久，听松篁交响，犹似吟哦。　　诗人苦恋山河。尽呕血剖心觉未多。怅太仓初实，却多狐鼠；芳林始辟，待剪虫蛇。继武前贤，讴歌当世，射斗龙光旧剑磨。倾卮酒，酹一江清泪，涌起洪波。

题紫竹笔筒

　　杜公五十九世孙杜维教先生以自制紫竹笔筒相赠，上镌杜公登岳阳楼诗及洞庭湖山图像。

　　　　杜老平江裔，相逢结墨缘。
　　　　洞庭诗镂壁[①]，紫竹玉生烟。
　　　　骨作山头瘦，根余泽畔寒[②]。
　　　　携来陈座右，抽笔砚生澜。

题长沙贾谊宅古井

　　　　苦竹寒莎贾傅庭，千秋一井自清清。
　　　　映天犹见星云旷，饮水应教肝胆澄。
　　　　盛世途穷悲鹏对，过秦今诵尚雷鸣。
　　　　信知深处通江海，风雨龙吟夜有声。

【注】
① 筒壁刻老杜洞庭诗。
② 传李白有《饭颗山头逢杜甫》诗。又，屈原"行吟泽畔"。平江，汨罗江上游。

（二〇〇五年十一月）

感动 十二首

赞"感动中国"二〇〇五年度人物。

邰丽华

青年女舞蹈者,主演优美舞剧《千手观音》。她是从不流泪的强者,心知自己除失聪外同他人并无不同。

女儿有泪不轻弹,千手高擎强者天。
莫道无声归寂寞,如虹彩袖谱华年。

魏青钢

来青岛打工的青年,在台风中,一名女青年被海浪卷走,他奋力营救,冲进两米高的骇浪,三进三出。

救死全忘一己安,三番孤胆犯狂澜。
柔肠侠骨包天胆,乃在芸芸草野间。

黄白云

　　勇攀科学高峰的科学家，耗十五年心血，研制成大型飞机刹车片，解决了我国航空技术一个关键问题。此项技术目前只有少数发达国家掌握。

　　好从华发识温寒，一剑磨成十五年。
　　名姓若非标"感动"，无人知有白云山。

王顺友

　　四川凉山彝族自治州马班邮路邮递员。长达二十年间，在深山老林中独自行走五十万华里，投递准确率100%。

　　赞歌欲唱却疑迟，万语千言无一词。
　　五十万里量天尺①，写出人间最好诗。

【注】
① 量天尺：二万五千里长征中，对军鞋的趣称。

丛 飞

极端热心公益事业的歌手。他将演出所得无私捐助公益事业,达三百多万元,赞助失学儿童残疾人 146 人,领养孤儿 37 人。他身患重病,还分出一部分医药费捐助贵州扶贫山区。

爱子何分己与人,歌酬百万抚孤贫。
病情难比亲情重,叮嘱犹分买药金。

洪战辉

自幼独立担起极端艰难的家庭重担,抚育小妹,直到上大学,仍把妹妹带在身边。

蜗牛小小怎拖山?抚妹持家尚少年。
压顶千钧钢作脊,只须呐喊不须怜。

李春燕

贵州苗寨大塘村的医生,担负周围二十多乡老百姓的健康。她无编制,无工资,为了救死扶伤,卖掉自己家中能卖的一切。

地僻山深医病难,飞来天使燕翩翩。
定情夫婿亲相赠,为救乡亲卖指环。

陈 建

三十七年前,到北大荒插队的上海知识青年陈建和金训华一同跳进洪水抢救国家财产。金训华不幸牺牲,陈建许下心愿:终生守护战友的坟墓。三十七年来他信守承诺,没有离开北大荒,每年四次祭扫,大义大信,实践了我国传统美德。在战友们相助下,金训华墓上竖起一通大理石碑。

何曾白发叹伶仃?义薄苍天约死生。
已变大荒花似锦,春风长护玉碑亭。

杨业功

被誉为"神威将军"的司令员,培育了一支"锐旅雄师"骁勇善战,威震疆场。他常常跟班作业,曾创十一天奔波七千公里的纪录。他身患不治之症,梦中还呼着军事命令。

锐旅雄师何壮哉!但思演练不忧癌。
将军频死犹酣战,铁马金戈入梦来。

费俊龙 聂海胜

乘"神六"出征苍穹的航天英雄。

一团冰玉瞰山河,九万云鹏未足多。
古梦千秋圆未了,飞船明日访嫦娥。

青藏铁路建设者

脚底昆仑伏弹丸,羊羔微命得相怜①。
中华曾筑长城手,今把长城筑上天。

【注】
① 为保护西藏的生态,铁路给藏羚羊留下通道。

有 感

笔不生花赞未能,沧桑老眼泪纵横。
何伤世路风尘暗?投大光明照史程。

(二〇〇六年二月,京门)

《金缕曲》 二首

哭 宴

　　酒饮人头马,恰蒸腾,杂陈海陆,烤鹅熏鲊。高敞华宴酬贵客,隔绝蓬莱周匝。志愿者愤然而罢。眼见荣枯咫尺异,听声声劝酒如鞭挞。心血沸,泪盈把。　　笑君少见多惊诧。看今宵,神州多少,华筵开也。天上人间同一醉,酒似银河倾泻。一个个风流潇洒。未有私囊分毫损,掷千金慷慨不言价。谁个泪,潸然下。

[附记] 某贫困县教育局领导欢送中国扶贫基金会派来寻访的志愿者,大摆宴席。志愿者感到震惊,有的痛哭。

漏室吟

室漏无干处。已三年申报，三年如故。瑟缩儿童如冻雀，破伞盖头遮目。更脚下污泥没足。伞下先生正开讲，听声声字字皆凄楚。淅沥沥，湿漉漉。　官员上访得答复，待开腔，几多无奈，爱莫能助。杯水车薪经费少，无米难为巧妇。出门去蓦然回顾。政府楼高钢作骨，稳如山，不动风和雨。暮云合，闻雷鼓。

［附记］某小学教室严重漏雨，师生打伞穿胶鞋上课，三年申报，未予修缮。

（二〇〇六年四月）

大运河砖砚歌

旧时在古运河沉船中得一残砖，弃置已久。李开平君倩张杰君雕为巨砚，为老夫八十寿，为制长歌。

运河滔滔走白烟，破浪钩沉得古砖。
鱼龙作窟岁时久，磨历鳞甲胶腥涎。
色如青铜坚如石，剥蚀点点虫蛀斑。
营造缘何遗此物，惜哉材大长沉潜。
李君抱砖授张子，适得其用逢机缘。
雕砚以为梅翁寿，翁年虽髦笔犹酣。
砉然奏刀娲石裂，龙纹鸟篆缪相盘。

庞然巨宝鬼神骇，非金非玉非歙端。
梅翁受砚忽狂喜，抚掌大笑声敲天。
叩砚为君发浩歌，聊效老米铭砚山。
砚兮砚兮，以汝作画，不画愁眉泪眼葬花女，
须画金戈铁马鬼面而虬髯；
以汝作字，不作婀娜婉媚簪花体，
须作癫张狂素怪石崩坠枯藤缠；
以汝作诗，不作有情芍药含春泪，
须作乘风破浪、直济沧海扬云帆。
书斋日暖飞柳绵，杂花乱落砚池间。
我歌未阕醉欲眠，高卧枕砚春风前。

（二〇〇六年四月）

浣溪沙

题聂绀弩自抄《马山集》

狱火难焚如火心，还将讽笑当悲吟，杂人风骨作诗人。　　铁板铿锵风啸雨，墨华凝重血留痕。马山何事放灵均①？！

（二〇〇六年八月）

【注】
① 马山，据考证，指马列之山。灵均，屈原的字。

新闻乐府 二首

大玉叹

山中有美玉，厥大实寡伦。
百炼未补天，飞来自昆仑。
九凤为翼护，百怪为周巡。
偶然露晶光，照夜月千轮。
世人尚未晓，上官早知闻。
上官得报告，欣喜得讯早。
美玉值万金，焉能弃野草。
指示急下达，千夫修大道，
迢迢几百里，五里一岗哨。
一辆密封车，武装来送宝。
大玉有大用，上官主意定，
请来雕刻师，国际知名姓。
借问何所雕？三问无人应。
幕布严隔离，但闻刀斧动。
一不雕女娲，吾华人之母，
黄土抟作人，羲黄尧舜禹。
云霞如锦被，江河为母乳，
吾土即吾民，吾民即吾土。
不雕女娲像，无由拜始祖。
二不雕夸父，光明之化身。
逐日不停息，只要一息存。
途中惜身死，不死逐日心。

血脉化江河，骸骨化山林，
手杖化桃树，开花万古春。
不雕夸父像，难瞻逐日神。
三不雕嫦娥，吾华之飞仙，
身轻忽若絮，风吹上云端。
舒袖如虹霓，双凫似飞船。
手把丹桂花，飘飘登广寒。
西方尚蒙昧，我已梦航天。
不雕嫦娥像，神舟难溯源。
三事均不雕，所雕者何哉？
上官来揭幕，观者皆惊呆。
一尊大腹佛，眼眯笑颜开。
佛冠七宝饰：袈裟锦绣裁，
薰以龙涎香，黄金铸莲台。
更造玉佛宫，红毡铺瑶阶。
不为弘佛法，只为发佛财。
乐队嗒嗒嘀，广告列长街。
游客如云至，香火涨烟霾。
南无阿弥陀，钞票多兮来。

大竹叹

大竹生深山，百尺青琅玕，
临风挺高节，凌霜傲岁寒，
枝头舞鸾凤，林下栖古贤。
一日无此君，高士所不堪。
一朝罹斤斧，车载出山去，
出山向何方？林深不知处。
一不杀青简，忠义垂千古；
二不树大纛，号令鸣金鼓；
三不造长桥，以利江河渡，
四不建竹楼，广延寒士住，
所用究为何？一朝大暴露。
江面压乌云，暴雨乎倾盆。
白浪打江堤，狂如万兽奔。
"此堤乃新筑，水泥加钢筋。
浪大何足道，百姓请放心。"
大堤忽崩塌，惊雷裂厚坤。
滔滔洪水泻，顷刻失千村。
察看堤溃处，脆弱知有因：
支撑皆毛竹，钢筋无一根。
此事都知道，旧闻何须炒？
旧闻何曾旧，此君尚烦恼。
看一看，察一察，
万间广厦，千河堤坝，
犹有多少豆腐渣？！

（二〇〇六年九月，温榆河畔）

水调歌头 二首

（一）

中秋之夜雷雨，枯坐茫想。

纵作开天想，怎料月为尘。飞船渺渺登月，埃土浩无垠。哪有琼楼玉宇，哪有婵娟白兔，哪有桂成阴？万古归一寂，生命了无痕。　　旧梦断，新梦继，未须嗔。会有素娥楼宇，会有桂花林。唯恐人间风雨，也逐人踪飞去，物欲损天真。不见预售者，月面已瓜分。

（二）

十六日夜云破月来，浸于月色中，万象皆诗。月，其诗仙乎？

俯瞰波心月，波静月儿圆。风皱碎金点点，离合有无间。错认浮游萤火，旋见嫦娥飞起，孤影上青天。又挂池边树，情与柳丝牵。　　怜露冷，披月色，覆吾肩。依依倩影随步，微息若幽兰。坠地锵然桂子，似听吹箫低唱，和我醉时篇。相望渺云汉，举酒酹诗仙。

（二〇〇六年十月）

卜算子 二首

（一）

看电视《红楼梦》剧组演员二十年后回访。当年佳丽，人老珠黄。怡红公子，已是雍容富态的中年汉子。老祖宗则归西去了。再过二十年，又当何如也！

不作剧中人，仍在剧中境，梦里葬花一曲歌，唱到今方醒。　　原是镜中花，况对无花镜，若将人生作剧看，一部《红楼梦》。

（二）

顷闻在电视剧《红楼梦》中扮演林黛玉的女主角魂归离恨天，而《红楼梦》新版电视剧中林黛玉一角，已经海选，选定。

休叹色是空，旋见空生色。花落花开无已时，何必悲花落。　　笑眼看人生，大化何生灭？又见颦儿款款来，圆了潇湘月。

（二〇〇六年十一月）

【附录】

杜撰曲

四霸闹学

（幕启，四霸后台唱）[自供曲] 扣帽子他头不低，打棍子他膝不跪。皱眉头，施巧计，造一个活样板，为老娘闹学夺阵地。看妙人儿来矣！

（丑上，唱）[乞怜调] 实指望高官及第，重来个光显门楣。怎奈何脑壳儿空如洗，骂一声笔杆儿不争气。我也曾考卷上轻摇乞怜尾，怕只怕泥糕画饼难充饥。望考场，泪珠儿滚滚多少酸滋味，心儿似，乱鸦飞……

（丑痛哭。四霸上，急忙扶丑。丑接唱）[感皇恩] 一个拉胳膊，一个抬大腿，一个搥胸脯，一个擦眼泪。睁开眼，问是谁？哎呀呀，云端飘下了四菩萨，四天王显神威，我这里，忙下跪。

（四霸唱）[鬼画符] 访苍蝇，问蚂蚁，掏干了茅坑，翻遍了垃圾，到而今才找到你！真个是白卷不白，又何曾乞怜摇尾？你就是交白卷的英雄，你最有反潮流的勇气。分明是天下第一，怎能叫状元落第？来来来，到后台密授你平步青云计。（四霸拥丑下）

（灯转暗，四霸后台唱）[自供曲] 篡党要什么红与专，夺权管什么德智体？抬轿子宁可要文盲，充打手最好是阿飞。只要你身生毒刺头生角，老娘有奶甜如蜜。我给你施朱抹粉，我给你打鬓描眉，看妙人儿出落得猫儿样乖、猴儿样精、驴儿样美。

（电闪雷鸣，乌云乱翻。丑跳上，唱）[跳加官] 乐陶陶斗大金印从天坠；喜洋洋纱帽红袍换旧衣，有今天响当当的名声，全仗着老娘的栽培。眼看着卷乌云，耳听着响炸雷，要学那林家小舰队，门嗣他个腥风血雨飞。请老娘，降旨意。（**四霸后台搭腔**）趁良机，莫迟疑！做一块打人的石头臭又硬，有道是听话的叭儿喂得肥。

（丑抽刀乱舞，唱）[滚乌云] 有老娘撑腰打气，像蛤蟆胀起肚皮。恨不得铁蹄踏得山河碎，恨不得大棒搅混三江水，恨不得扇风吹倒昆仑山，恨不得点火烧焦天和地。对太阳，放毒箭；对百花，喷毒气。打倒中央地方一大批，张开咱，血盆嘴。杀出个昏天黑地，保老娘坐殿登基。

（群众喊声四起，四霸跑上，与丑乱作一团，伏地唱）[破黄粱] 昏惨惨灯儿烧尽了捻，咔嚓嚓鼓儿捶破了皮，猛古丁来个嘴啃地，霎时间仙山琼阁化成灰……

（台下群众拥到台上，将霸、丑团团围住。彩霞飘舞，红光满天。众合唱）[得胜令] 轰隆隆一声怒吼惊霹雳，气昂昂遍地英雄捉四鬼，忽拉拉推翻戏台砸烂戏。扫乌云园丁欣喜，育英才桃李芳菲，展宏图朗朗神州遍朝晖。

（一九七七年十一月）

葬花记

（一折逗笑的小杂剧）

时间：不久前的一个冬天
地点：某公园里的牡丹园
人物：林姑娘和老花工
布景：大雪飘飘下得正欢

(林姑娘上，边走边抖长袖上的雪花) [梦中游] 似这般茫茫飞絮随风卷，像当年遮天铺地飞花片。花啊，莫不是你香消难忘旧时情，化冰魂重来幻作春风面。

(白) 这雪好大啊！重来寻找我当年葬花之地，不想被这雪迷了路。呀。眼前是什么所在？

[埋香曲] 眼前，惊见：一抔抔黄土连成串，冷清清树影儿稀，扑棱棱鸦翅儿翻，忽悠悠几茎枯草像铜丝儿颤。留神，细看：分明是牡丹园，是何人在此埋香艳？

(白) 这么多花冢，有上百个哩！

[盼知音] 葬花的是谁？渺茫茫不见。埋这许多花冢，该手心磨起了茧，该衬衣湿透了汗，该带来了七个姨娘八个丫鬟。也不知是女是男，是双是单，是俏是憨，是人是仙？知音不见知音面，叹一声一阵心酸。(哭)

（老花工上）工：这大雪天儿，谁在牡丹园里哭哭啼啼？（看）敢情是个闺女！

林：这些牡丹是您埋起来的吗？

工：俺是花工，不是俺还有谁！

林：原来是知音到了！

[声声问] 千古奇缘，今朝相见，说不尽万千言：你可有愁肠九曲黄河转？你可有清泪能填碧海宽？你可有情思难共春蚕尽？你可有美梦终同蜡炬残？为什么埋花冢接二连三，胜似我葬花在大观园？

花工：姑娘您这是怎么啦？

[问声声] 姑娘说些啥？俺一点儿听不懂。看花要四月来，乘凉要六月中，像这样滴水成冰，你为啥跑到公园里来挨冻？姑娘啊，你可是头晕？你可是胃痛？你可是得了那颠颠倒倒、哭哭啼啼的精神病？要是上医院，俺快去找个急救的车子送。

林：我哪里有病？请问这一堆堆黄土不是您葬埋落花的坟墓吗？

工：看，越发说起疯话来了！

[喜迎春] 你道是落花有恨埋香冢，我道是育花温室酿新红，这黄土恰好似金丝被儿盖重重。那里头，花儿可忙着哩！她何曾心儿懒？她何曾意儿慵？她何曾两眼哭得桃儿肿？你看她裁就了一片片花叶儿翠生生，你看她捧出了一簇簇花芽儿紫茸茸，你看她染红了一朵朵花团儿笑盈盈。待明天雪化冰融，姑娘你再来看啊，这花园定变成姹紫嫣红锦绣丛，管教你笑眯了眼睛。

(忽然每个花冢裂开，从里面飞出一队美丽的花神来。她们扬起翅膀翩翩起舞，边舞边唱。）[嫣然笑] 这出戏演得好，忍不住哈哈笑。咱这里道一声林姑娘久违了！花落预示花开近，今花更比昨花好，切莫为一些儿风雪生烦恼。你那手绢儿，为什么擦泪不擦汗？你那锄头儿，为什么葬花不锄草？还有你那悲悲切切凄凄惨惨的葬花词，到而今也该改作高高兴兴的迎春调。

(林姑娘嫣然笑了) 花神和雪花舞作一团，飞满整个剧场。

观众带着会心的微笑也舞蹈起来。

但这才是序幕。

（一九八二年三月）

余话：北方冬天寒冷，公园里的牡丹和芍药大都用土埋起来防寒，远远望去，很像是一个个的花冢。徘徊在花冢间的朋友都想些什么呢？我不知道。谨以我所想献给读者。

南郭新传（杂剧新编）

[开场白] 郭先生丢了饭碗，郭夫人好言相劝。

请两位就此登场，演一出南郭新传。

南郭（神气沮丧，跟跟跄跄上）

[相见愁] 出离了大王宫殿，回到了自家庭院。再不能吹竽队里悠哉站，从今后王门咫尺天涯远。呀，迎出来老公鸡，叫喔喔睁怪眼，也笑我到家怎把夫人见。

郭妻：老郭，你为何这般模样？

[声声问] 往日，下班，喜地欢天，声声唤咱。为啥，今天，

愁锁眉尖，不笑不言？好一似澄干的茶壶嘴儿闭，油烹的大虾腰儿弯，吹火的风箱一迭连声地叹。早备下肥敦敦烧鸡满盘，白生生啤酒花翻，香喷喷肉丝汤面。老郭啊，你吃着一边，说着一边，有甚愁烦，你我同担。

南郭：这话咱怎说得出口啊！

[砸碗调]烧鸡怎吃酒怎咽，面条赛过铁条串。咱泪到睫边，话到唇边，满腹凄惶欲吐难。实指望一辈子长吃大锅饭，无忧无虑赛神仙。一样的衣履华鲜，一样的站立朝班，一样的盆镶竽管，一样的抱在胸前，一样的口中吹气，一样的鼓腮眯眼，一样的皂白不分，一样的工资百元。咱乐得懒懒散散，游游逛逛，糊糊涂涂送流年。谁承望形势变，没来由换了个新大王，当啷啷砸破了咱的铁饭碗。

郭妻：哎呀呀，但不知这饭碗是怎样砸破的？

南郭：说出来好难为情！

[出丑令]今天上午站朝班，新大王笑开言。他道是吹竽的制度从今变。人人技艺分高下，高下待遇不一般。一个个单独考核，轮到我，咳，轮到我心虚手乱，倒吹竽管像抽旱烟。他将我这瞎眼的鱼鹰朝浪里赶，他要我这瘸腿的骡子单驾辕。我好比驴粪蛋的包子露了馅，底朝天的筛子现了眼。只听大厅里一阵笑，我抛竽撒腿一溜烟。

郭妻：你这般丢丑，我都替你害羞！

[闺中怨]平日将你劝，你道我古板。你在家中啊，口不吹，手不弹，为包糖果裁工尺，厚积灰尘蒙管弦。手不离黑桃方片，心不离明星剑仙，做的是沙发衣柜，养的是金鱼米兰。到如今，后悔晚！但不知，临出王门有何言？

南郭：新大王倒也嘱咐了几句。

[救生草] 咱泪汪汪，出宫殿，手冰凉，眼昏眩。只听得，叫稍站，新大王，把话传：他要我回家勤操练，考核及格再上班。

郭妻：这就好了！

[破涕笑] 这新章程不简单，把咱的糊涂老郭吓破胆。你眉莫皱，心莫烦，记取出门那一言，我帮你抄乐谱，我帮你擦竽管；你则去延名师，你则去苦操练。纵吹得口舌生疮指头烂，你也要夏练炎蒸冬练寒。定争取下次考核中状元，吹吹打打去上班。

[伴唱] 他夫妻仔细商量把功练，一霎时破涕为笑生气添。酒花儿，唇边泛，笑窝儿，杯中闪。老公鸡，在一边，高声啼，翅膀扇，扑棱棱飞上墙头站，扇的那满墙的牵牛花儿微微颤。

（幕在吹竽声中徐徐落）

[后记] 南郭处士吹竽的故事见《韩非子·内储上》。竽，据礼记和《风俗通》等书所记，大约是一种竹制的类似笙的管乐器。马王堆曾出土，惜未见之，这个小杂剧是游戏之作，仿迅翁《故事新编》例，古事里掺入了今事。曲牌是我杜撰的，曲文是我信笔胡诌的。盖嘻笑怒骂，弄得非驴非马，转为有趣。不知读者对之皱眉耶，抑报之以掩口葫芦一笑乎？

（一九八二年十二月）

卧龙谈心（套曲新编）

[开场白]南阳风物好，草庐松竹高，香馥馥开了报春花，扑棱棱飞下高枝鸟。这番皇叔独自来到，听卧龙把衷情表——

[咏叹调]你几番来，我都知晓。但后堂里玩琴书，北窗下伴睡觉。又何曾访友寻僧探梅采药，暗吩咐童儿把柴门关了。你那里黄尘染脏了战裙，山程跑乏了马脚；我这里指头错拨了琴弦，毛锥错抄了吟稿：两处心焦！

[诉衷情]非是我眼睛生在额角，非是我此生甘老渔樵，非是我要同云鹤比孤高。这绿水隔不断，这青山遮不了，我枕上闻野哭，我梦中听战角，几番热泪湿青袍。

[横吹箫]只因为啊，只因为二弟三弟有点蹊跷。来到草庐前，如同捕强盗。一个面色铁青，眉头皱得紧；一个满脸通红，没有一丝笑。一个指着童儿举马鞭；一个朝着柴门踢一脚，险些儿踢得围墙倒。

[叨叨令]他道是，南征北战有他的丈八矛，开基立业有他的偃月刀。竹管儿上顶着一撮老羊毛，石板儿上聚着一汪臭松胶，纸片儿上画着几行猴儿尿，那些劳什子顶个鸟！那书生啊，哼哼唧唧，摇摇摆摆，粉团儿般嫩，雏鸡儿般娇，只堪吟个诗儿，唱个曲儿，演个戏儿，懂得什么安邦治国道！

[急急锋]他道是，快不要两次三番往山里跑，快不要对着紧锁的柴门大弯腰，快不要望见童儿面堆笑，快不要低声下气把先生叫。只消一根麻绳儿往他脖子上套，踉踉跄跄，跌跌撞撞，推推搡搡，打打敲敲，哪怕他不到哥哥跟前来报到。似这般捉了来，还免得他尾巴翘。

[凌霄曲] 我几番放眼望云霄,夜深静悄悄;几番红烛烬还烧,笔动影摇摇;几声荒鸡听报晓,未觉困难熬。谋划着天下三分龙虎战,推敲着墨香万字中兴稿,单盼着,明主到。要是二弟三弟也知音,我早就跨上驴儿把你找。何须你,奔走劳!

[尾声] 皇叔哈哈笑,二弟三弟齐来到。不须负荆畅谈心,肝胆相照,谈个通宵,谈到天明红日高。四匹马,齐上道。

(一九八三年四月)

某仙诉苦（拟叨叨令）

有位仙人，有位仙人飞上天宫来落户，
拍着玉皇，拍着玉皇的龙案像擂牛皮鼓。
一会儿皱眉一会儿抹泪一会儿冲冲怒，
听他诉说，听他诉说吃尽天上人间的苦：

"你分给我巴掌大的花园还不到一亩，
你分给我只有两层楼房的一座小别墅。
你总是强调分配仙居要遵守什么鸟制度，
我的生活千难万难你从来不照顾！

"我修仙，炼丹烧药多亏老伴来相助，
我升天，哪能留下她独自人间住！
我的两个儿子大的四十小的三十五，
已经娶了娇娇滴滴两房儿媳妇。

"孙女像朵花儿，孙子像个小老虎，
还有许多至亲好友我数也难细数。
全都是亲亲热热一脉连根的树，
我成仙，怎好六亲不认独自腾云雾。

"还有那驴儿马儿鸡儿狗儿鹅儿鸭儿，
锅儿碗儿瓢儿勺儿床儿帐儿席儿扇儿，
屋檐上的麻雀，墙洞里的小老鼠，
都要求随着我升天，我怎好相拦阻，

"我飞升那天啊，浩浩荡荡派头真十足，
有的抱腿，有的拉手，有的牵胡须。
租用了十架专机飞上云端路，
机舱里挤得密密层层险些出事故。

"如今飞上天宫难道为了来受苦？
我的要求合情合理，并不难满足。
我的子孙亲朋都该各有一处神仙府，
鸡儿狗儿都该有个现代化的窝儿住。

"我修行的时候你还穿着开裆裤，
我的汗马功劳可以写满几本光荣簿。
你不给我解决问题可别怪我粗鲁，
我就在你的凌霄殿上搭上个窝棚住。"

写到这里点上支香烟且坐喷云雾，
让我想想这场闹剧该怎样来结束。

（一九八七年三月）

武大打虎

科员（唱）：好端端一个打虎先进县，没来由武老二上了梁山。今年连根虎毛也没捞到，写上报材料难上难。请主任，多指点。

主任（唱）：细思量，暗盘算。这事啊，说难也难，说不难也不难。掌心里虚实变换，又何妨李戴张冠。武二走了有武大，全凭你，滑溜溜转笔尖，你就说哥哥接了弟弟的班。

科员（白）：啊！您的意思是……可是，武松身高丈二，膀大腰圆，一身好武艺。武大可差远啦。他身材短小，只会卖炊饼。

主任（唱）：说什么身材短，你就说他伸伸腰顶破天。说什么猴子脸，你就说他豹头环眼五绺髯。说什么胳膊细如麻秸秆，你就说他两膀膂力可担山。说什么只会卖饼街头转，你就说他给关老爷扛过刀，给穆桂英扶过鞍，拜达摩到过少林寺，访悟空上过花果山，精通武艺十八般。

科员（白）：可他从没打过虎，今年只捉过一只耗子。

主任（唱）：你就说啊，那一夜是个月黑天，武大喝酒十八碗，醉醺醺登上景阳山。呼啦啦狂风起，扑通通大树倒，崩登登滚石翻，跳出来猛虎一大串，张牙舞爪扑上前。好武大，面不改色心不跳，笑嘻嘻掐灭烟，喝一声举起拳。拳头打下像炮弹，那猛虎一个一个血肉模糊地上瘫。数一数，整一连。

科员（白）：这么写够玄乎的。这上报材料是要县太爷审批的呀！

主任（唱）：县太爷那里，好办好办。既涉及咱全县脸面，又涉及他官级升迁，保准他睁一眼闭一眼，葫芦提画上个似圆不圆的扁圆圈。再说他不曾访景阳地面，不曾找壮士交谈，哪还记得打虎的是武大武二还是武三！

科员（白）：那，要验收团来了呢？

主任（唱）：怕什么验收团，灶王爷的嘴巴要糖粘。先送茅台酒，再送云南烟，一日三餐好茶饭。烤乳猪，炒黄鳝，葱烧海参，清蒸鼋鱼，凤尾大虾，芙蓉鸡片，你只管一道一道往上端。

科员（旁白）：似这般伪造胡编，怎容他过海瞒天！扫歪风不讲情面，写杂文公诸报端，问刘征你敢也不敢？

（一九八八年四月）

叶公骂龙

（一折严肃的小笑剧）

恐龙：觅知音难比登天，寻遍了碧落黄泉。来叩响叶家门环，或许能肝胆相见。　（叩门）

叶公：[长相思] 我房梁上画着龙，墙壁上画着龙，衣冠上画着龙。龙啊，我为你不惜千金建龙宫，我为你焚香打坐诵龙经，我为你三更泪湿相思梦。我爱挚心诚，你无耗无踪。不来时也该现个云中影。听得门儿响也，怕又是风撼柴荆。（开门）

恐龙：叶先生，真是相见恨晚！

叶公：兀的那厮！你是什么妖怪，敢来相扰！

恐龙：[相见欢] 哎呀呀！你怎么相逢对面不相识？我须不是吃人的夜叉，索命的幽魂！我就是你睡思梦想的龙手足、龙心肝、龙知音。来来来！我走上前把你的肩儿抱，把你的脸儿亲……

叶公：滚开！你这妖精胆敢冒充龙！

[骂龙曲] 我是龙学的专家，见多少龙书龙画，慧眼何难辨真假？那龙啊，一双眼灯笼大，扎煞着红须发，你那小脑壳光秃秃、扁塌塌，活像是竹竿顶上悬癞瓜。那龙啊，披一身金鳞金甲，泼剌剌迸火花；你那乔身躯大得傻，拖一条又长又粗的笨尾巴。那龙啊，摆摆尾满天飞，眨眨眼大雨下，圣人书里留大名，皇帝袍上绣着它，真个是高山点灯名头大；你嚼几口树根草芽，滚一身水沫泥巴，名不见圣经贤传，形不入诗文书画，还不如戏水的鱼虾！

恐龙：[反嘲曲] 好一个好龙的疯魔，知龙的学者！你好的是海市乌托，信的是无根妄说。金鳞金甲幻中影，腾云吐雾空中色。你好的那龙啊，没有情，没有欲，没有肉，没有血，是个笔尖描出的傻二哥。你盼到胡子白，踏得铁鞋破，到头来不过是凭着臆想战风车。

叶公：你说我好的只是幻影，你倒把你这真龙的本事说一说。

恐担：[自我之歌] 我我我，我有饥有渴，知冷知热，能哭能歌；我咽苔藓，栖沼泽，争雌雄，燃爱火，生儿养女过生活。这就是龙呀，这就是脚踩大地、头顶蓝天，堂堂正正，磊磊落落、平平常常、实实在在的我。

邻人：听叶家门前吵吵闹闹，过去看个明白。（见恐龙）啊，老兄，久仰！快请到寒舍叙话。几亿年前的天文地理，都要向您请教哩！叶公，也来一起谈谈如何？

叶公：不啦！我忙得很。正在赶写一篇谈龙的论文，是要在一次国际研讨会上宣读的。失陪，失陪！

[幕后音] 云光电火有无中，望眼朝天笑叶公。

不解低头观大泽，满身泥水是真龙。

（一九八八年九月）

仙女降猴记

时间：桃子成熟了的时候。

地点：王母娘娘的蟠桃园（在天上）。

人物：孙悟空；

桃园管理处主任，仙女，王母的宝贝女儿。

开场：仙女开着一辆货车，车上载满蟠桃，要出园门，被悟空的金箍棒拦住。

悟空（唱）：

[急急锋] 施法力筋斗穿云，身负着看桃重任。蟠桃宴临近，玉殿会仙宾。这五百年一熟的仙桃，一颗也不许损。王母的懿旨，谁敢不遵！哪怕是凤子龙孙，偷桃的一律格杀勿论。我这棒就是护法的尊神。

仙女：（白）这一车倒卖到下界，上亿元就到手里，不料刁猴打横，得开导于他。（唱）：

[调笑令] 嘻嘻，大圣哥，发威作甚？快来抽三五，喝可乐。我是王母娘娘的女儿，你初来乍到认不得。我的名儿赛那九天沉雷响，我的法力能迷倒如来佛。那凌霄殿上峨冠博带、腰金佩玉一个个，都是我的叔我的伯我的姐我的哥。我要星有星要月有月，要几个桃子算什么？我保你官运亨通，财源茂盛，只要你，能合作。嘿（拍肩），咱到前面小咖啡厅坐坐。

悟空（白）：咱有王母懿旨，怎能容你胡来！（举起金箍棒）。

仙女（用拂尘架住，唱）：

[撒泼调] 我打你这不识抬举的泼猴！琼浆玉液当成掺尿酒，云锦天衣当成破布头，一片好心当成臭驴肉，好言相劝当成瞎胡诌。你非神非仙，浑身骚臭，也配向金枝玉叶跟前凑，我说你这石头缝里蹦出来的泼猴，无靠山，无亲故，来天庭作官，好比残灯放在大风口。我动动指头，砸烂你猴头。

悟空（唱）：

[威风锣鼓] 喝一声，休逞凶！可知道，法律无情；可知道，我顶天立地的孙大圣！我手拿定海神针，晃一晃山摇地动；更炼就火眼金睛，哪怕你狡诈变形；发声喊，震塌那天下的妖魔洞。你泰山压顶，奈何不了我臂铁头铜。要想出这园门啊，除非你留下蟠桃留下命。

仙女（唱）：

[揭老底] 你这贼坯子，别假装正经！说个故事，你别扫兴。那一夜，黑洞洞，桃园里，悄悄静。没有月，没有风，连夜唱的莺儿也寂无声。你拔下毫毛，变成瞌睡虫，睡倒了守夜的园丁。你攀上大树，挂上高枝，摘下仙桃，拣那大的红的，一个个往嘴里送，你还向花果山偷运一飞艇。这事件，我有录像，有录音，有赃物，有见证。要不要曝曝光，我的齐天大圣？

悟空（唱）：

[撒气球] 一字字戳我心尖，不由得胆战心寒，办那事密又严，不承想露了馅。金猴面变成死灰面，铁臂膀变成软面团，金箍棒变成麻秸秆，真赛过万丈崖失脚，扬子江翻船。即使逃过审判，也难写入吴承恩的书卷。上西天我怎把唐僧

伴？朝南海我怎见观音面？铜锣敲，锁链牵，当个供戏耍的毛猴也要被羞红脸。我这里，暗盘算，不吃亏，是好汉，施一礼，忙转圜。尊一声公主大仙，开个玩笑您别翻脸。我紧闭双眼，只当你批件齐全；你启动马达，一溜烟开出桃园。水流云散，彼此方便。

[画外音] 如此结局皆大喜欢，只有蟠桃大大减产，冷落了蟠桃盛宴。不要紧，报它个风蝗水旱。有一事未免遗憾：没多久，悟空调离了桃园，他把行囊搬回御马圈，我亲眼得见。

（一九九九年一月）

小官殉酒记

报载某小官陪上司喝酒，竟然醉死。令人忍俊不禁，演为曲文。

[酒德颂] 升官梯，护官符，神通广大的幺三五①。上司面前不喝酒，灰灰溜溜避猫鼠；上司面前能喝酒，伶牙俐齿俏鹦鹉。一杯酒下肚，眼儿会笑，眉儿会舞；二杯酒下肚，捧得舒心，拍得醉骨；三杯酒下肚，娇声表功，哭声诉苦。四杯五杯七八杯，凭上司吹口气，醉醺醺踏上青云路。要在酒字上下功夫，才不把终身误。

[丧门宴] 话说某官心比天高，自叹官卑职小。肚子里墨水少，毕业在胡涂庙，只有个响当当的酒鬼绰号。这一天，机缘来到。好一席山珍海味，烹炸煎炒；好一桌豪华名酒，特曲老窖；好一班坐奔驰的贵客，都是长字号。花儿点头，小姐微笑，春风满座，兴致正好。

大官高坐，体胖气傲；随员在旁，派头不小。只见他双手捧杯，耸肩弯腰，眼角含媚，眉梢挂笑。一连敬酒数巡，喝得神魂颠倒，酒令越说越黄，脸色越红越俏。大官暗想：此人颇堪大用，人才难找，但还要考一考。忙把大指一翘："我来回敬三杯，连中三元，步步登高。"这时的他呀，眼花心跳，血压增高，醉了醉了。可是，上司给了天大的面子，又透露出升官的吉兆，到口的肥肉，怎能吐掉？咕咚咚，一口气喝下三大杯，扑通通，一头栽倒。浑身抽搐，横流屎尿，哇，有些不妙！

大官急匆匆夹起皮包，随员慌张张紧跟着跑，霎时间人儿散了，灯儿灭了，宴会厅变成了荒山野庙。谁在推门？那是风声响；谁在走动？那是月影摇。一桌子剩饭残羹，留给老鼠咬。

[声声叹] 你看他，跌跌撞撞，踉踉跄跄，一头栽进卧房。酒淹了肚肠，酒沸了血浆，酒烧了心脏。你看他腰儿弯成醉虾样，脸儿惨似九秋霜，眼儿半闭半张，活像死鱼卧沸汤。眼巴巴升官的喜报变成索命的无常，锦片般的前程通到了望乡台上。

【注】
① 幺三五，酒也。

[安魂曲]他那出窍的灵魂迷糊糊酒气醺,荡悠悠像轻烟,惨凄凄在尸体旁边站。听着爹娘喊地呼天,听着爱妻嘶声呜咽,听着娇儿一迭连声地把爹喊。他才要大放悲声,可是脑筋忽地一转,亚赛夜行望见灯,溺水遇到船,山穷水尽转为花明柳暗。他兴冲冲高声喊:"一家老小休悲叹!此一番到阴间,凭我的海量一定能交上小鬼,攀上判官,一路高升登上阎罗殿。遇到巡查地狱的关二爷,只要几番拼酒猜拳,说不定我会脚下生风,平步青云,名列仙班。到那时,爹呀娘呀妻呀儿呀连同猫儿狗儿坛儿罐儿,都会跟着我冉冉飞上天。"

[余韵]这曲儿唱起来,你听也爱,他听也爱,千万莫惊醒天子呼来不上船的李白。他若听到啊,定会推倒了酒樽,摔碎了酒杯,踢翻了酒楼,拆平了糟台,败坏了八斗诗才。酒店高挂的"太白遗风"遭亵渎,索性换个招魂幡儿迎风摆。

(一九九九年二月)

新官问卜记

报载某官上任前算命打卦。油然命笔,唱一段绝妙小曲。

新官(上,念定场诗):

芝麻官小跳加官,升官上任在眼前。

上任要挑好日子,问卜来找张半仙。

(白)说到就到了。半仙在上,且听我问来。

问 一

上任择吉非同小可,关系到吉凶福祸。黄道日有青云捧腚,那月宫里的丹桂可折;黑道日有小鬼绊脚,一准会平地翻车。我哪月哪日哪时穿官服戴官帽,出家门上小卧?车上要哪一位吉人陪坐?是小秘是保镖,还是大款二哥?车窗上贴什么?是大红的倒福是镶金的绿发,还是明星裸?一路上放什么音乐?是"爱就爱个够",还是念几句阿弥陀佛?

我要几时几分在衙门外停车?几时几分走进办公室,几时几分在办公桌前坐?几时几分打开皮包,几时几分要下属来见我?第一个见我的人姓钱属狗可妥么?

问 二

　　那一天，我穿红还是穿紫，穿青还是穿蓝？老年间，穿青穿蓝是小官，穿红穿紫是大官。我虽官不大，前程正无限。取个吉利，内穿红紫外穿青蓝。先生您看，可否这般打扮？那一天我该吃什么饭？吃寿桃还是吃喜面，吃年糕还是吃汤圆？我一样吃一点，又长寿又喜欢又高升又团圆。先生您看，能否如此这般？那一天啊，夜深人静烛花暗，掩了房门，放下窗帘，红罗帐放下小银钩，鸳鸯枕正好并头眠。亲热一番，会不会冲官运，招鬼缠？先生啊，要是有半点妨碍，咱情愿敲木鱼，展经卷，打坐通宵古佛前。

问 三

　　送礼的来到，可以从宽。不论迟早，不论早晚，不论半夜叩门环。我私宅的后门总是大开，出入方便。我已准备几间储藏室，安放那绫罗绸缎，家电古玩，名酒洋参，鹿茸狗鞭。我打开个个保险柜，收藏那名表钻戒，金银细软，大额存折，马克美元。先生啊，我要供哪山菩萨，拜哪方神圣，烧什么高香，念什么经卷，一天跪拜要几番，才能不被偷不被骗？要知道偷了骗了我难报案，闹个哑巴吃黄连。怎样才能不被举报，不被传讯，不被查办，平平安安，评上个明正清清廉？先生啊！你要掐指头，摆铜钱，批八字，细推算。

尾声

　　问题提罢，洗耳恭听。半仙端坐，启齿掀唇。忽听得呜哇哇乌鸦啼，扑通通老猫跳，急匆匆叩宅门。一阵风，进来了送急件的差人。连忙拆封，细看公文，哎呀，飞了七魄，丢了三魂。原来是通知他：官已免职，毋庸上任。

（一九九九年二月）

笔的碑文

得一柱状假山石，顶端尖削，洁白如雪，顶以下青苍如碧玉，酷肖一支羊毫笔。供在案头，命曰笔之碑。我喜欢弄讽刺作品，笔相助相依，真良友也。为制碑文。

曲 一

叹茫茫人生天地，遇多少虚情假意？谈心的隔着肚皮，含笑的戴着面具，握手的脚下使绊，拥抱的背后用计。笔啊笔，你与我悲欢与共，朝夕相依，你是我的铁哥们，真知己。

曲 二

狂风撼窗，书斋岑寂，笔不生花，偏生老棘。眼前浮现，幢幢鬼魅。笔如钢鞭，一鞭打去，丑类顿缩，小如蚂蚁，纷纷逃散，散而复聚。聚而再打，打之不已。仰天大笑，颤动天地，眉飞色舞，此乐无比。为的是天晴地朗无风雨，为的是熙熙百姓无忧戚。咱一双八角眼，洞彻鬼画皮，猴儿戏。

曲三

亲人劝我，眼含热泪：你忘了那追魂夺魄的压顶雷，攒身万箭的瓢泼雨；你忘了头上没有一尺天，脚下没有立锥地，那不祥的文字成了书生的累。好友相劝诚心诚意：老兄已过古稀，两眼昏昏，白发垂垂，早就该种种花儿，喂喂鸟儿，养养鱼儿，逗逗猫儿，只管那书画琴棋。世上的是是非非，给他个葫芦倒提，犯不上操那份心，呕那份气。说出来不怕得罪你，你就是笔罄南山竹，墨干北海水，写上一万首诗文，还不是废纸一堆！

曲四

只有你，笔啊笔！你了解我，怎样气得发抖，怎样愁得叹气，怎样仰天大笑，怎样拍案而起。你了解我的怪脾气，万卷书海偏爱那草堂诗集，清平治世却生着屈原肝肺。放着好花不赏，偏要斩除那丛生荆棘。当我写得痛快淋漓，你油然兴起，如马跑如鹰飞，如风狂如雨疾，同我手我心通一气，在格子上一路奔腾直到底。我掷笔，如霹雳，满地落花纷纷起，满天星斗纷纷坠，神飞到人天之际。

曲 五

　　旧船桅望着鲸波万里，老骅骝望着鸿雁飞去。甚矣吾衰矣！戒烟戒酒戒甘肥，但愿与你长相依。端午佳节，奇石店里，见一根石柱如美玉，顶端雪白躯干苍绿，活脱一支羊毫笔。天赐我也，不胜欣喜。石啊石，我把你几番磨洗，我请你砚边伫立，我供你几片绿叶，我与你窗前相对。你就是不老的青山拔地起，你就是不折的长剑倚天立，你就是锋锋棱棱的笔之碑，你就是亲亲热热的我的笔。

（二〇〇一年三月）

杏花村的愤怒

报载某县一帮干部用公款在杏花村歌厅大吃大喝，一位局长竟醉死在舞厅里。我思绪连翩，渐渐隐去歌厅，幻出杜牧诗中的杏花村。那是何等高雅优美的所在，岂能容忍受到如此玷污！援笔疾书，代拟愤语。

[杏花] 在春雨中发芽，在春风中开花，白雪姿容，白玉无瑕，傍村边水涯，映青帘酒家，莫来由，闯来一帮乌官员，把我的肺气炸。这杏花村怎容你撒酒疯，发色狂，逞淫威，蔑国法？俺所有的枝条都化成钢鞭钉耙，所有的花瓣都化成走石飞沙，一股脑儿扑向你，搂头盖顶将你打。

[春雨] 丝丝荡轻风，润物细无声，向枝头拍得花儿醒、逗得莺儿惊；向山坡染一片芳草青青，给杏花村添十二分画意诗情。呀呸！你这丑乌鸦飞进凤仪亭，癞蛤蟆爬进水晶宫，狗尾草插进白玉瓶，老鼠屎搀进桂花羹。俺化成翻江倒海的暴雨，俺呼来摇山撼地的暴风，把污秽冲刷净，还杏花村一片清明。

[牧童] 坐在老牛背，短笛信口吹，一种春天的旋律，一种自然神味。唤来了画眉，唤来了黄鹂，只吹得鱼儿浮出水，蝶儿款款飞，卖酒的妹子笑眯眯。谁料到这般晦气，偏闯来一伙戴纱帽的醉鬼，演一出七颠八倒猴儿戏，吼一腔呜里哇啦大叫驴，灌几瓶价值千金猫儿尿，洒一床呜呜咽咽小姐泪，拿国库的钱财当泡沫吹。俺猛拍一下牛背，看老牛大声吼叫喘粗气，挺着两只大角，乌油油像钢叉，冷森森像剑戟，掀翻了那一席山珍海味，打碎了那一桌金盏玉杯，直吓得一个

个浑身发抖，面如死灰，出窍的幽魂朝地狱里飞。我再把笛儿吹，吹一曲得胜令、旱天雷。

[诗人]杏花村重到，酒店里歇脚。呵呵，老相识都来了，坐好坐好，喝酒听我唠：话说这腐败啊，根儿深，蔓儿绕，皮儿厚，性儿狡。闹大了，不得了，凄惨惨众芳凋零，呼啦啦大厦塌倒，咱这杏花村算什么，渺乎其小。根除它，靠严明的律条，靠铁面的老包，靠锋利的铡刀。我是个诗人，也要砚海里翻波涛，笔杆当梭镖，字字擂得鼓声豪。杏花、春雨、牧童哥，你们满腔气恼，好！就到我诗里来压住韵脚，咱一起溶入反腐倡廉的怒潮，把乾坤清扫。正是：落花如雨洒纷纷，路上行人莫断魂。荡尽污泥浊水日，人间随处杏花村。

（二〇〇一年三月）

拜石记

报载某中学校长，追求升学率竟祈灵于风水迷信，在校园里埋下泰山石作镇物。

曲一

年年高考我发愁，这一番又剃了光头。咱这校长啊，见领导心虚发抖，见家长满面含羞，过长街靠边溜走，目光射来冷飕飕，冷语甩来赛砖头。咱作了雨打萍，风折柳，失群雁，落荒狗，比慢火儿烧烤还难受。

曲二

一门心思把原因找，咱可不愿胡里胡涂闷坐胡涂庙。这个说教学方法老一套，题海茫茫把学生的智慧淹没了。那个说学校管理太不好，松松垮垮乱糟糟。哎呀呀，大道理我怎生不晓？眼看着烈火烧，眼看着楼塌倒，怎能等到三百里外把水淘？夜深沉，心烦难睡觉，且让咱望着惨白的月牙儿想高招。

曲 三

有了，有了。备一桌酒席，请杨半仙来到。人家是科学看阴阳，周易加电脑。你看他这边瞄瞄那边瞧瞧，这边摸摸那边敲敲，眯眯眼睛，纵纵眉毛，掐掐指头，念念叨叨，神神兮兮开口道："您这校园犯五鬼，牛头马面进课堂，黑白无常满院跑，把那文曲星吓跑了，高考还考个鸟！送走这些鬼大爷要用钞票，问问大爷们要多少您得给多少。"

曲 四

夜深人静，淡月疏星，棱角风声，墙阴树影。咱手提铁锹，走进校园，连忙行动。把远道请来的泰山石掩埋定。咱烧上一炷香，急忙下跪祷告：石呀石，咱的泰山老奶奶、泰山老祖宗！泰山石敢挡，挡住那些丧门神、晦气精；泰山石也能请，为咱请来那点状元的魁星，保佑毕业生一个个金榜题名，得意春风，咱必报恩情。东海的龙须、南山的麟角、老君的仙丹、王母的蟠桃，一箱一箱往您后门里送。

曲 五

　　这一夜，睡得香。真好像十冬腊月盖上鸭绒被一床，五劳七伤喝了十全大补汤。做梦也心花放。咱梦见办学有功得大奖，忙伸手，接奖状，碰碎了茶缸，吵醒了师娘，胡卢提挨了一巴掌。天光亮，进学堂，没料到大祸从天降。一声霹雳当头响，一纸撤职的命令，盖着红彤彤公章，忽悠悠落在校长的办公桌上。

[后记]

　　报上的这篇报道，有名有姓有地名，必定不假。老汉是教书出身，读之十分痛心。报道写道：从山东买来的一块泰山石竖在学校一个夹道内。"补风水"这天，按风水先生所授，亲自上街买回两只白公鸡，数十斤桃仁和五块五色石，当晚埋下这"镇物"，并在教学楼的楼顶燃放鞭炮，大搞庆典活动，数百名学生和群众围观。竟然明目张胆地搞这样荒唐透顶的"庆典"！但我把这个情节改成夜里偷偷地干。不是有什么忌讳，而是实在写不下去，我的手发软发颤了。我曾说，当现实的荒唐超过讽刺的夸张，讽刺即将涅槃，我的讽刺的诗神即将涅槃了吗？

（二〇〇一年十一月）

叹五更

——买官者的独白

曲一

　　天上的上帝看不见，地上的上帝是金钱，能买地，能买天，能买魔鬼买神仙，能买得皇帝老子团团转，能买得鸡皮鹤发变红颜。咱说了不算，这是莎翁的名言。谢天谢地，而今咱有了钱，要问上帝是谁？嘿，就是咱。

曲二

　　上帝说，要日月星辰，日月星辰立刻出现。咱说，要豪宅深院，别墅花园，奔驰宝马，超级家电，黄金魔杖一指，一切如愿，咿，还缺少灵犀那一点。咱，还要那如嗔似笑勾魂的眼，如花似玉迷人的脸，打情骂俏辣又甜，扭捏腰身娇又懒，来它十个八个，按质论价由着咱选。

曲三

　　吃腻肥甘要清淡，搓腻麻将玩书卷，咱要登大雅堂，领文艺班，不必寒窗苦十年，春水行舟风一帆。但则见，一本本大著烫金面，一张张照片见报刊，一次次会议露头脸，一篇篇评论捧上天，一份份聘书奖状飞雪片。呀，多少狂蜂浪蝶围着钱眼儿转。

曲四

　　这些都玩腻了，还要买买买，买他个大老官，买一顶乌纱，买八抬大轿，买回避肃静，买旗锣伞扇，买一方斗大黄金印，印大胆大手遮天。买官我投资三百万，一本万利，无赔只赚，只要稍微眨眨眼，日进斗金有何难。呀，猕猴儿爬上高竿，风筝儿飞上青天，不成想断了竿和线。这一回，万丈高楼失了脚，扬子江心翻了船，哭一声咱的钱呀钱！

曲五

　　一更里呀月牙儿爬上来，泪眼望着铁窗外。往日里多快哉，今日里哭哀哀。二更里呀月牙儿向西歪，沉甸甸的手铐难把胳膊抬，哭一声咱的车咱的别墅，咱的她咱的保险柜，锦片似的日子化尘埃。三更里呀月牙儿被云遮盖，咱心头一团乱麻解不开，作个糊涂鬼怎个望乡台？钱啊钱，你什么都能买，为什么一个官职买不来？听人说，张家买李家买，为什么只有我把泥崴？怪怪怪！四更里夜色发黑月影儿歪，夜风忽忽树影儿摆，思前想后总算想明白：钱还是太少太少太少，钱要是多多多，什么高官不能买！哼，快把爷的一座金山搬了来！

　　五更里，东方发亮窗发白，猛当头，响炸雷。狱警提他上法庭，哗啦一声门打开。

（二〇〇二年五月）

盗臂者言

在哥本哈根听说,美人鱼雕像的肢体乃至头颅有时被盗,管理处不得不预制一些,以便从速修补。

曲一

莫说是好梦难圆,今夜晚天随人愿。看天边月儿弯弯,望海上半明半暗,忽悠悠,树影儿好像鬼影儿闪。你孤零零坐在岸边,俏声儿如歌似叹,像女娲黄泥乍变,像夏娃逃出伊甸,赤条条风流曲线。

曲二

那丑小鸭耍笔杆,骗你这海底的明星出人间。孩子们为你着迷,小姐们手帕不干,老人们一迭声的叹,一个个如痴如癫,梦绕魂牵。你呀你,眼泪有如珍珠串,肩膀有如金银山,什么紫水晶,什么羊脂玉,什么祖母绿,什么金刚钻,比起你来呀,不过是断裂的瓦,摔碎的砖,鞋底的泥,桶中的便,不值一钱。

曲三

我早就爱上你，实不相瞒。你是我的眼中花，心头肉，意中仙。我为你不思茶，不想饭，梦里还在打算盘，一天几遍，海边来看，游人太多，不敢向前。来路去路，早已打探，港湾深处，备好快船，夜深人静，咱怎敢迟延。

曲四

咱背起工具包，出离隐蔽点，偷眼向四方看，游人早已走散，留下脚印一串串；月牙儿也已掩面，抛下浮云一片片。没有巡逻的警察，没有守护的保安。鱼儿沉入水底，夜鸟也已疲倦，一切停当，保准安全。咱猫一般轻，箭一般快，鸟一般翩，一闪身凑近你身前。

曲五

你不要躲闪，我痴情一片，摸摸你的胳膊香温玉软，心儿发颤。便如同炸鸡翅撒上椒盐，烤羊腿蘸着孜然，怎不教人三尺垂涎！咱岂肯枉作个厨房外的猫儿把爪子舔，花轿旁的乞丐把眼珠儿翻，少不得施出些手段，亲爱的你要忍着点。

曲六

休怪我蛇蝎心肝，为了爱怎能手软！急匆匆打开工具包，敕溜溜扯出钢锯片。一声声拉锯响，乱纷纷石沫溅，凄惨惨筋骨断。咱抱定断臂忙逃窜。听得一声吠，虽说很远很远，也教人肝儿颤。咱连忙进港湾，咱连忙上快船，咱连忙开马达，快艇出海一溜烟。

曲七

定定神，好喜欢，这支断臂换了钱，足够住几夜豪华套间、吃几顿宫廷大餐，当几回赌场的好汉。有多少呆学者、傻博士，美学著作累牍连篇，还有这位傻妞儿，依旧脑筋不转弯。美是什么？一个字"钱"。

冷不防一道强光照眯了眼。一声断喝叫停船。哎呀不好！却原来一只巡逻艇追到近前。

评点

甲：外国的事，离咱们远哩！

乙：钱即是美，美即是钱。远在天边，近在眼前。

（二〇〇三年三月）

大卫之死

《大卫》雕像是文艺复兴时期米开朗基罗的杰作，至今仍为世界性的瑰宝。听说我国某城曾树立这雕像的复制品，竟被砸碎。

曲 一

大卫大卫，你是哪位？连个名字也没有，可是行大姓卫？听说你爹叫老米，那名字老长好难记。听说在老家意大利，你比凤子龙孙还牛气。广场上高高站立，漫悠悠神仙滋味。顶着青天，披着白云，现着星星，伴着上帝，听着一迭连声的美美美。有人请你来中国，咱倒要看看是俊是丑，是人是鬼。

曲 二

轻风扫去云霞，广场揭开雾纱，天朗气清雨才罢。这么多人赶了来，为个啥？不是春节赶庙会，不是庆典看烟花，都是来看大卫他。有的举着相机，有的捧着鲜花，老人拄着拐杖，母亲抱着娃娃，一个个眼迷心醉成痴哑。咱连忙挤上前，忙把眼镜擦，睁眼一看啊，咱加快了心跳，升高了血压，五脏六腑都气炸。

曲三

呀，却原来抬花轿娶来个母夜叉，招凤凰引来个丑老鸦，钓金龟扯出个癞蛤蟆。你看他大模大样假装潇洒，却浑身上下一丝不挂。呀！腿裆里垂着那活儿，不遮不掩，不藏不夹。让毒蛇露出头、魔鬼探出爪，这还了得，霎时间地陷天要塌！坏了人心，伤了风化，败了风俗，违了礼法，丑也丑到家，黄也黄到家，呜呼，世风日下！围拢着一群傻瓜，竟容忍这小子把流氓耍。

曲四

趁着夜深人入梦，月黑星微明，雾蒙蒙遮昏了路灯，静悄悄困乏了巡警，咱扛起铁锤快步躜行。啊，夜色衬出了大卫的雪白身影。咱好比那劈鬼怪的天上雷公，捉白蛇的金山老僧，咱这铁锤啊，好比那诛叛逆的鬼头刀锋，警人心的金钟玉磬。施行这庄严的一击，休怪我手下无情。冷飕飕，锤带风，只听得当啷一声，鬼哭神惊——天下太平！

曲 五

晨风吹,鸟唱歌,广场上,人渐多。议论纷纷,七嘴八舌:嘿,这是为什么?嘿,谁是谋杀者?嘿,难怪砸掉,国情不合。嘿,太不像话,不讲公德。嘿,没他不少,有他不多。

嘿,留他何妨,小题大做。嘿,我要是塞万提斯,定要写一部"中国的堂吉诃德"。

评 点

甲:国情不同嘛!写得不好。

乙:没读懂。作诗必此诗,定知非诗人。

(二〇〇三年三月)

贪官憾

曲一

实指望好梦长圆，谁承想水流云散，万种悔恨千重憾，长夜难眠。再没人捧茶点烟赔笑脸；再没人热烈鼓掌忙称赞；再没人埋头记录摇笔尖。对着高墙四面，对着这人影孤单，对着这月儿冷冰冰半张脸，咱自语自言，自思自叹。

曲二

憾只憾，误了一席豪华筵。咱吃遍了海陆珍馐、中外大餐，熊掌驼峰嫌太腻，鲍鱼燕翅不够鲜，早就想尝一尝全席满汉。一百单八件金盘银碗，数不清的炸炒烹煎。玉堂金殿，宫廷御膳，摆出一回也要等贺岁祭天。接到大款的请柬，听说是二十万买单。啊！倒霉的开席那一晚，慢悠悠车到店门前，嘎一声车门打开，猛抬头一身冷汗，正对看刑警刺刀般的眼。憾的是到嘴边的鸭子飞上天，戴手铐的当儿还把唾沫咽。

曲三

憾只憾，那辆轿车刚刚开进咱家院，送礼的说一点小意思，为了咱办公方便。这车啊，超豪华，最新款，大红的车漆光闪闪，坐在里边会如同太上皇坐在养心殿，伊丽莎白坐在白金汉，跑起来会如同轻飘飘宇宙飞船。咱还没来得及靠一靠车坐垫，摸一摸方向盘；没来得及在长街闹市兜几圈，心急的法院，就写进赃物清单。眼看着要宣判，眼看着赴黄泉，难道叫我徒步去赴阎王筵。

曲四

憾只憾，那小心肝、二奶之后排老三。就为这啊，她总是别别扭扭不就范。我为你不思茶饭，我为你牛腰瘦减，我为你梦绕魂牵，我为你买了钻石项链，我为你买了西洋名犬，我为你买了一处别墅，当作咱七夕长生殿。那一日你秋波一转，我暗喜佳期不远，又谁知美姻缘被拆散，一眨眼便隔了蓬山一万，青鸟无由为探看。

曲五

憾只憾，咱春风得意正当年，眼前是锦程一片。玉带乌纱巍巍颤，多少目光献媚乞怜，多少手捧来金山银山，多少猫儿狗儿围着咱滴溜溜转。传媒锣鼓，廉明干练，政绩考评，成绩斐然。眼巴巴指日升官，闹哄哄贺喜函电，就在这紧要的关节，咔嚓嚓连根折断，忽悠悠扬起帆，猛可里沉人深渊；

美滋滋云里仙，猛可里跌进鬼门关，留下了多少遗憾！有道是人不为己枉为人，官不为钱枉为官，有权不贪，不如去卖山药蛋。那老掉牙的道德和法律，为甚不引入这个新观念？

尾声

憾似乱丝团，心似万剑攒。嘿，那该死的月牙儿透过铁窗笑得嘴角儿弯。哼，我要是再掌权，定要赏你双玻璃小鞋儿穿。

（二〇〇三年三月）

某官诉状

引言：一官员花钱买官未果，于是状告受贿者……

曲一

法官先生清如水明如镜。下官被人欺诈，海样冤情。法律啊，给被欺者以公平，给欺人者以严惩。因此咱上诉法庭，先生细听。

曲二

状告局长，我们顶头上司，他有铁腕，有靠山，呼风唤雨有手段。鞍前马后咱随他转，骂娘瞪眼咱随他便。咱就是他手中揉来揉去的一团面，他脚下踢来踢去的一枚毽。陪多少笑脸，吞多少辛酸，应声虫当了五六年，为的是他成仙，咱作个飞升的鸡犬。千不该万不该，他仗势欺人把咱骗。

曲三

这一天，喜讯传。扑通通天上掉下天鹅蛋，明晃晃地下挖出黄金砖。局长平步青云高升迁，谁坐他这把交椅由他推荐。瞧阵势，暗盘算：盯住这位子有几双狼眼，嘀嗒嗒，口流涎。咱必须血淋淋割块肉，才能够击败对手鳌头独占。有朝一日局长的纱帽头上颤，滔滔滚滚来财源。有官才有权，有权才有钱，赚大钱要冒大风险，咱要做一桩大交易——买官。

曲 四

那一夜，静悄悄，密云罗满天罩，没有星月偷眼瞧。咱把局长家的后门轻轻敲。局长回避，夫人来到。传来一串高跟鞋声，扑来一阵巴黎香，秋娘风韵三分俏。这里啊，脱去官场的伪善，摘掉原则的面罩，一锤定音成交，高价买得纱帽，30万元定期送到。

曲 五

实指望结局圆满，谁成想望月缺花残，猕猴儿爬上高竿，风筝儿飞上青天，他撒手抛却竿和线。金鲤鱼落进他人网，咱赔了鱼饵剩空篮。他这流氓痞、诈骗犯，欺压我忍气吞声不敢言。咱青筋暴，眼发蓝，暗吞黄连心不甘。实心的石头变炸弹，老鼠敢把猫儿舔。咱手捧诉状呼青天——冤啊冤！

点 评

胡闹胡闹，请君莫笑。
并非此官，气迷心窍。
阴阳两面，搞得多了，
因此弄得，两不分晓。
如此荒唐，古今难找，
请来贾贵，当堂跪倒，
大声宣读，哀哀上告。

（二〇〇六年三月）

金月饼

曲一

敛云罗,秋水长天;涌冰轮,中秋月圆。有一样应节礼品,说出来让人嘴馋。中秋夜宴,喜笑开颜,象征团圆,入口香甜,那月饼不可缺短。美好的商机,乐坏了老板。

曲二

祝丰收好运年年,好风俗代代相传,天上盘中,两个月儿一般圆。天上的,嫦娥笑脸;盘中的,儿女流涎。枣泥豆沙、椰蓉五仁、火腿蛋黄,有甜有咸。那包装或像花篮,或像楼船,诚画月桂,或描牡丹。争奇斗艳,花样新翻。市场上任你挑选,准让您眼花缭乱。物美价廉,大众心欢。

曲三

哎呀,怪啊!莫不是柳枝上开出桃花,麻绳上结出西瓜,牛身上长出草芽,白云上游来鱼虾。听说推出了黄金月饼,可是我梦中游走进了荒唐的神话?哎呀,怪啊!金月饼,不假不假!黄澄澄,明晃晃,真亚赛黄金铸黄金打,凌霄殿里偷来的金娃娃;蟠桃宴上把金盘抛下。细看,哎呀,金月饼标出了天价。吴刚惊呆,嫦娥吓傻,捣药翁不敢翘尾巴。你要是知道了,准保笑我说疯话,不说也罢。

曲四

那老板啊，莫不是你饮了狂泉水，患了疯牛症，喝了孟婆汤，做了颠倒梦。神差鬼使打错了算盘星，这笔买卖算赔定！捧着个讨不来饭的金饭碗，只落个镜花水月的黄金梦。那老板，笑盈盈。论作诗我不如先生，做买卖我比你精。这金月饼早有客户放了定，要不然我岂敢使帆不看风。订户是谁，不便透露他姓名。买了去做什么，我可说不清。可笃定笃笃定，不是为自家享用。一个金月饼换来颜如玉，换来黄金屋，换来蟒袍金带五眼花翎。嘿嘿，折桂登龙，都在这法力无边的金月饼。您休打听，买的准比卖的精。

巷议

甲：市场经济，重在发财，只要合法，即非胡来。商家赚钱，客户心开，周瑜黄盖，愿打愿挨。诗人写诗，对月开怀。这笔生意，与你何碍？横加干涉，所为何来？

乙：尊驾所谈，不敢苟同。掩饰腐败，贿赂公行，况且助长，奢侈之风。一饼虽小，其患无穷。我有隐忧，借诗以鸣。有何不可？可以不听。

（二〇〇三年十月）

芳名劫

广东丰顺县一副镇长因名字没上"芳名碑",于是把碑砸了——

曲一

马路红彤彤霞染,林阴稀溜溜风软,万家灯火才亮两三点,镇长大人用罢晚饭。热腾腾的酒海肉,香喷喷翠绕珠环,请酒人深鞠一躬送到门前。他,打着饱嗝,摸着肚皮,走出酒店。赛过微服的乾隆、夸官的状元,巡视自己的领地,好不喜欢。

曲二

眼望着霓虹一串,照长街七彩迷幻,走到了中央广场,来欣赏音乐喷泉。眼前,一闪,小学门前,好一块高大的石碑。坚固,结实,"芳名碑"仨字特别显眼。选谁,谁选,要我画圈。我怎么不知道?是谁如此胆大包天。

曲三

皱皱眉,揉揉眼,芳名榜,细察看。从头看到尾,从后看到前,有的是教师、医生;售货员、民企的老板、种田的老汉,镇长的官讳找也找不到,看也看不见。哪回表扬,不是镇长占先,这回啊,烧鹅大窝脖,丢尽了脸。气炸了肺,气爆了肝,哼,得给点颜色看看。

曲四

画美人不画扬玉环,耍大刀不请关美髯,把天尊赶下了龙虎山,把玉皇逐出了凌霄殿,咱的大名啊,是牡丹,是芝兰,是法国香水,是南海龙涎,写上芳名榜,会香满街香满巷、香满地香满天、看他三天三月三十年。这些鸟名字灰溜溜一片,香气无半点。妄把全榜占。镇长忽地拎起大铁锤,砰唥唥,砸碎了芳名碑。

曲五

惊鸟啼啼破了静夜,流水落花春去也,碎片满地如落花,泪痕血点多悲切。但见那赵字身首异地,钱字脊梁断裂,孙字开肠破肚,李字肢体残缺,周字吴字郑字王字一个个尸横遍野。好一个凄凄惨惨的刑场,照一弦泪流满面朦胧月。镇长舒口气,自己很满意。毕竟手中权,大有杀伤力。这事不算完,吓猴须杀鸡。追究主办人,处罚不姑息。

[尾声]

镇长砸碎芳名,惹的麻烦不轻。
很快遭到罢免,纱帽落地扑通。

(二〇〇四年七月)

卖乌纱

引 子

"马德卖官案"在社会上引起了很大关注。身为黑龙江省绥化市原市委书记,马德把其执掌的市委大院变成了一个乌纱帽批发部。小到乡镇党委书记、乡镇长,大到县委书记、县长,每个官职都有其价位。怎见得?

有曲为证。

曲 一

垃圾里拾来破旧牛皮,古墓里挖来破铜烂锡,地摊上顺来劣质油漆,家传秘方加高科技,打造成这乌黑油亮的乌纱帽,翅儿颤巍巍。脑门上写着"清正廉明",脑勺上刻着"一本万利"。金字招牌叫"高升",老百姓偏叫它"腐败",可气!

曲 二

小小纱帽,法力无边,头顶乌纱,手握大权,管教你威风八面。这乌纱是聚宝盆,给你个金山银山,这乌纱是鸳鸯窝,给你个翠绕珠环,这乌纱是蜜糖罐,喂出那馋嘴的奴才一大串。春风得意钞票换,平步青云上青天,登上凌霄殿,住进白玉楼,参加蟠桃宴。玉皇把盏,嫦娥打扇,飘飘然身列仙班。

曲三

做买卖，上市场，卖葱卖蒜卖臭豆腐卖甜酱，卖鸡肝狗肺猪大肠。乌纱帽，全一样，商品一桩，我卖你买好商量。论尺码有大有小，论型号有扁有方，论颜色有黑有黄，论行情有落有涨。你必须打通层层关系网，绕过重重监督岗。好色的请他玩三陪，好玩的请他游外洋。那后门好比鲨鱼口大张，白花花的银子可劲地朝里装。听到一声饱嗝，乌纱到手才有希望，面对财神像，叩上三个头，烧上三炷香。

曲四

纱帽市场，无凭无证，无迹无形。作卖的扮作两袖清风的包文正，作买的暂作无私奉献的螺丝钉。交易进行，神不知鬼不觉，来无影去无踪，只道是经过考评，上级任命。三重锦被蒙，三米水泥封，一千倍的显微镜也找不到一丝缝。调查的让他面对痴聋，举报的推他坠身陷阱，哈哈，官运亨通。天下太平。唉哟，且慢！不提防变阴晴，急匆匆电话铃，一声霹雷炸头顶——纪检部门有请。

煞 尾

咕咚咚跌下高楼，
忽悠悠浪里翻舟，
扑通通纱帽落地，
这买卖自饮鸩酒。
落法网自作自受！

（二〇〇五年四月）

小白醉酒

开 篇

都夸他八斗高才，
说他是当代李白。
只缘他年纪小小，
取个笔名小白。

[枯肠叹] 天才杯诗文大赛，瞩目神童小白。准是他独占鳌头，呀，怪！这一回文章写不出来。脑壳儿一个空袋，心儿里一片空白。思绪儿忽悠悠飘向天外，破风筝在云头摇摆，一头跌进胡涂海。搜尽枯肠无一字，咬唇皱眉，抓耳挠腮，半晌发呆。

[酒源论] 天才毕竟不平凡，忽想起杜甫的名句"李白斗酒诗百篇"。时才间山穷水尽，这一霎开朗豁然。文章不是镜里花水中月，空中楼阁梦中仙。太白诗文千百篇，古今著

作填满国家图书馆。那源头都在酒里边。花雕剑南，干红白兰，一滴生产一个字，一口生产一篇，只要原料充足，诗文不难批量生产。你看小白，打开爸爸的酒柜，拿出一瓶老白干，满满倒一碗。

[一杯酒] 一杯酒，喉咙像吞刀，肠胃像火燎，两只眼金花冒，怀里像抱炸药包。呀，看月亮生出四角，地板荡荡飘飘，书桌活了，在跳，瓶花醉睡了，在笑。要说舌头短，要走路软了脚。拿起笔杆说是香蕉，咬不动，抛向墙角。

[二杯酒] 二杯酒，哈哈大笑，笑得像哭，笑得像叫，合不拢嘴巴弯了腰。小猫三只脚，可笑；酒壶会撒尿，可笑，摔碎杯盘会舞蹈，可笑，爸爸的照片头颠倒，可笑，稿纸长翅膀，满屋子飞散了，可笑。你看小白，一起身跌倒，躺在地板上还在笑。

[三杯酒] 三杯酒，写文章的事都忘掉，化作稀稀软软一摊泥，飘飘忽忽一缕烟，乱乱蓬蓬一团草。他，口角流涎睡着了。忽然一掌推过来，大声呵斥不学好，强开醉眼，吓了一跳，原来是老爸来到。他一咕噜站起来，翻了又翻，找了又找，哪里有锦心绣口好文章。有的是摔碎的酒瓶，打翻的酒杯，还有那满襟满袖呕吐的秽物乱糟糟。

观者点评

小白醉酒演完，多少苦辣咸酸！
不笑小白幼稚，爱他童心烂缦。
否则抄点编点，撒点调侃椒盐。
只消一瓶可乐，大好文章一篇。

（二〇〇五年八月）

"仙人"指路

开 篇

都骂咱枉顶着纱帽巍巍颤,都骂咱枉住着官邸深宅院,都骂咱面对这小城破烂摊,行尸走肉没心肝,不是贪官也是个昏天黑地胡涂官。咱有口难辩。你道是荒城野甸,咱道是黄金百万。你道咱走火入魔,咱道你凡胎肉眼。说什么科学致富,哪能比风水灵验?

曲 一

莫焦心工资拖欠已三年,莫焦心下岗的职工吃饭难,莫焦心危房告警千百间,莫焦心失学的儿童满街串。树有根,水有源,为捉住这贫困的根源,咱寻思了三分三时三日三月又三年。也是咱时来运转,得到了高人指点,说变就变,致富何难。

曲 二

咱也曾拜过名山寺院,烧香许愿;咱也曾访过铁嘴半仙,问卜求签。老天见怜,一位高人毛遂自荐。好一张三秋古月淡金脸,好一部三冬白雪五绺髯,好一位神机妙算的活神仙。他道是早把小城看个遍,易经卦,又卜占;计算机,敲键盘,却原来毛病出在城南那道山。切断了北来的龙脉,挡住了南来的好风,压住了小城的通天关。这穷要穷一百年。

曲三

　　要化解，有方案。修一座寺庙在山巅。金碧辉煌的大雄宝殿，神光缭绕的五百罗汉，还要铸一座20米高的观音像，净水瓶，杨树枝，浑身璎珞百宝缠。到那时，好风来，龙脉贯，这小城啊，如同大鹏展翅飞上天。眼看着紫气冲霄汉，眼看着平地起金山，眼看着天不下雨下金元。当然，眼看着你这个官，平步青云追火箭。

曲四

　　咱先一惊，万丈涛头折断帆；后一喜，夹岸烟花春水船。快请高人住进五星饭店，迎贵宾摆开全席满汉，高人摇头说且慢，神仙的事神仙办，修建寺庙只有我承担。精打细算，费用至少5000万，还要1000万打点各路神仙，我，滴水不沾。

点评

　　　迷信早已死去，幽魂却又重来。
　　　啃食愚者心灵，已经造成灾害。
　　　谨防这位瘟神，钻进官员脑袋。
　　　染此无形"非典"，危哉危哉危哉！

（二〇〇五年十一月）

蝴蝶劫

[道情] 咱曾飞进雪芹先生的红楼梦，风儿来只当是牡丹花儿动。轻罗扇追着咱扑来扑去，咱忽儿高忽儿低把美人戏弄。咱曾飞进古今画家的妙笔丹青，陪衬着桃花影、绿柳风，都赞我比掌上舞还要轻盈，画似真真似画不知谁胜。咱曾飞入博士的诗中，成双成对翩翩地飞上天空。剩一个折回来怕太冷清，只有我最懂得博士心情。

呀！百花之灵，百美之英，虫中鸾凤，人类爱宠，要问咱的最爱，那就是人，咱的姐妹，咱的弟兄，同是大自然之子，一母所生。

[迎宾] 秋高气清，风和景明。黄金周到处欢腾，百花间张起大棚。大棚内结彩张灯，联欢会与众不同。八方客到此一游，两万只蝴蝶欢迎。咱恰似：驾祥云仙女下凡，散天花焰火腾空，舞嫦娥抖乱彩虹，醉杨妃剪碎花绫。咱翅儿轻盈，满怀热情，急切切把游客等。

多少人拥进大棚！笑哈哈老翁，蹦跳跳儿童，妖娆娆女士，步昂昂先生，一个个睁大眼睛，又喜又惊，真赛过参加王母的蟠桃宴，走进月中的广寒宫，梦到天女散花的魔幻境。咱扑向怀抱亲吻脸颊，停在肩头，舞在掌中。假如咱有泪，相亲的泪，相知的泪，相爱的泪，倒泻天河也流不净。美滋滋，乐融融，好一幅锦绣图，画的是天人合一；好一曲清平乐，唱的是众生共荣。喜的那孔夫子不知肉味，老佛祖鼓掌有声。

[惊变] 手啊手，人的手，圣洁如玉指纤纤。挽过爱人的臂弯，逗过婴儿的笑脸，捧过含苞的玫瑰，翻过圣贤的经卷。手呀手，他的手，也是人的手，为什么与人不一般？拿

残忍当笑谈，不要文明要野蛮。虐杀了美，虐杀了善，虐杀了生命的神圣，虐杀了弱者的尊严，八千蝶尸横满地，八千蝶魂诉苍天，抵得上万人坑残生一万！你看他，心情很好，笑堆满脸，像踏碎一地枯叶，梢带着满足感。问儿子"可好玩？""唔，好玩"。惨！

灯熄人散，大地困倦。分明是蝶尸狼藉、断头残体纷零乱，却忽见万翅齐飞、如海如潮如风如雨如浪翻；分明是风高月黑、萤火微微星眨眼，却忽见通天彻地、忽明忽暗、劈裂长空划闪电；分明是冷冷清清、万籁绝响，不闻夜鸟一声叹，却见那蝶翅扇，山崩地裂、暴风霹雳苍城撼。你呀你，看看自己的手，莫不是长出粗黑的毛尖利的爪，如虎如豺如狼犬？中夜难眠，噩梦纠缠，扪心自问可安然？！

尾声

就地建座万蝶坟，更立石碑警世人。
碑上镌字声声泪，愿将此曲做碑文。

【注】

报载十一黄金周，某地高张大棚，放入两万只蝴蝶，允许游人入内与蝶共戏。结果八千只蝴蝶死于游人手中。

（二〇〇六年十月）

不孕的桃花

[前奏曲] 彩云天，桃花地。蜜蜂嗡，蝴蝶飞。把山村盖上几床绣花被，把山坡装成几处锦绣堆，把小河变成落英缤纷的桃花水，把姑娘变成簪花满头的桃花妹，把老爷爷乐得年轻三十岁。笑呵呵，全村老幼欢天喜地。

[桃园惊梦] 小山村，转运气，山坡上开桃园，盼到三年结果期。说不尽投资剜却心头肉，说不尽一把汗水一把泪，说不尽跋山涉水学科技，说不尽治虫防旱跑断腿。梦儿里花开了花谢了，缀满枝头果儿肥。梦儿里桃子熟了，果香飘十里。梦儿里签订单，忙送货，梦儿里眼看着腰包鼓胀起。哎呀呀，不料想晴天霹雳，好梦成灰！

[不孕的桃花] 花开了，花谢了，绿叶满枝条。问桃儿结了多少？拨开绿叶仔细瞧，怪道，一个毛桃也找不到。莫不是神偷鬼盗，或不然一夜狂风扫？只落得，竹篮打水剩空篮，水中捞月空欢笑。山妹子紧锁眉梢，小伙子哇哇直叫，老大娘唉声叹气，村干部急把病根找。专家来察看，梦也没想到：原来是骗子在捣鬼，用不结果的桃树苗偷换了王母宴上的大蟠桃。

[斥骗] 气煞陶潜，才要记桃花源，却爆出个轰雷上笔端。来呀，沸扬扬，舆论谠言，红彤彤领导批件，沉甸甸道德之鞭，明晃晃法律之剑，轰隆隆怒浪排山，哗啦啦霹天立闪，蝴蝶翅膀扇风暴，蜜蜂毒刺万万千，来呀来，一齐来！一齐扑向那欺农诈农坑农害农、丧尽天良的黑心骗！

鼠界寿宴

曲一

鼠界酒店,大罢寿宴,各色寿帐,绫罗绸缎,各式花篮,玫瑰牡丹,老寿星坐在中间,圆睁着昏花老眼,正对着盈门的贺客春风满面。

曲二

贺客光临,盛况空前,珠光宝气,毛色光鲜。鼠小姐娇滴滴珍珠项链,鼠太太香喷喷白粉满面,鼠老爷笑呵呵口衔香烟,鼠将军挺胸脯身佩宝剑,鼠大款翻白眼鼻孔朝天。鼠记者举相机来回乱窜。听一声入座就要开宴,几十双眼球盯着餐桌面。

曲三

餐桌上定然有爆炒蚊子心,干炸跳蚤胆,清炖老猫舌,红烧花蛇尾巴尖。定要尝个鲜。呀怎不见青花瓷碗白玉盘,怎不见炖煮烹炸烧烤煎?怎不见镂风的金樽玛瑙碗,怎不见茅台花雕老白干!但只见各色的毒鼠药盛满一大盘,一瓶瓶敌敌畏摆在座位前。难道这寿宴是最后的晚餐,难道要贺客一块儿上西天?难道这寿堂可是阎王殿?问主人是甚心肝?贺客们铁青着脸,重拳击案,忽碌碌站起身就要走散。老寿星忙开言:勿躁少安!

曲 四

为这桌菜，我几夜未眠。真真真，真埋假中真亦假；假假假，假乱真时辨假难。买买买，假假真真迷了眼，钱钱钱，最怕手中是假钱。肉是病死肉，鱼是污染鱼，油是泔水油，面是石粉面，烟是冒牌烟，酒是掺甲醛。帅这寿筵第一保安全。难难难，难于登上三十三天天外天。

曲 五

天无绝人路，上帝可怜见。昨夜偷听主家谈，他家爱犬吃了毒鼠药，不料想这位狗先生更加壮健，追着狗太太求欢。他家小姐闹失恋喝了敌敌畏，全家哭地嚎天，不料想她一夜好睡消了愁烦。

贵客呀，尽情吃，尽情喝，放大胆！管教你小的聪明，老的长年，男的刚猛，女的妖艳。这分明是仙家长生药，十全大补丹。

全场笑开颜，一阵叮当碰杯响：道声干！

曲外音

假货人人喊打，打假武器多般。
老汉也来打假，用咱小曲杜撰。

（二〇〇七年九月）